**姜希颖**

1978 年生于浙江杭州，2003 年毕业于浙江大学英语语言文学硕士专业，2008 年以富布赖特外语助教身份赴美留学一年，现为浙江大学英语文学研究所讲师，主要从事美国文学特别是美国现代主义诗歌的研究。她的译著用词精准流畅，文笔细腻，贴近原著思想。已出版的译作有：奥威尔的《动物农场》、高尔基的《童年》等。

# 动物农场

〔英〕乔治·奥威尔　著
姜希颖　译

吉林大学出版社

**图书在版编目（CIP）数据**

动物农场 /（英）乔治·奥威尔著；姜希颖译．—
长春：吉林大学出版社，2018.4
（读经典）
ISBN 978-7-5692-2008-7

Ⅰ．①动… Ⅱ．①乔… ②姜… Ⅲ．①中篇小说—英国—现代 Ⅳ．① I561.45

中国版本图书馆 CIP 数据核字（2018）第 074991 号

**动物农场**
DONGWU NONGCHANG

---

**著　　者：**（英）乔治·奥威尔
**译　　者：**姜希颖
**策划编辑：**魏丹丹
**责任编辑：**魏丹丹
**责任校对：**邹燕妮
**开　　本：**850mm × 1168mm　1/32
**字　　数：**200 千字
**印　　张：**7.5
**版　　次：**2018 年 4 月第 1 版
**印　　次：**2020 年 3 月第 2 次印刷

---

**出版发行：**吉林大学出版社
**地　　址：**长春市人民大街 4059 号（130021）
0431-89580028/29/21
http://www.jlup.com.cn
E-mail:jdcbs@jlu.edu.cn
**印　　刷：**万卷书坊印刷（天津）有限公司

---

ISBN 978-7-5692-2008-7　　　　**定价：**32.00 元

# 译者序

《动物农场》是乔治·奥威尔（George Orwell，1903—1950）的代表作之一，作品以动物童话的形式，用跌宕起伏的情节向人们描写了一场围绕农场统治权而展开的斗争，影射了极权统治下的苏联社会。

作者出生于英属殖民地印度，儿时家境穷困，他虽然依靠自己的努力考取英国著名的伊顿公学，但在学校备受歧视。童年的经历造就了他对弱者的同情和对暴政的痛恨，以及对平等、民主和人性解放的追求。作为一名作家，他凭借自己的生活体验，用通俗、简洁的语言书写自己对社会的理解，表达自己的政治感受。一九三七年，他参加西班牙内战，目睹了西班牙民主势力的失败，敏锐地洞悉了斯大林时代苏联掩盖在社会主义名义下的极权政治，对受苏联控制的西班牙共和派表面上代表民主进步，实际却进行政治和人身迫害的种种做法感到极度的愤慨。《动物农场》就是作者在这样的思想背景下写成的。

一九四五年，正值冷战时期，《动物农场》一经发表立即受到西方世界的极力推崇，被译成多种文字，甚至被改编成儿童读物和动画片，影响巨大；而以苏联为首的社会主义阵营则将其视为“反共宣言”，对它进行了封杀。

一九四七年三月，奥威尔为《动物农场》的乌克兰文版写了序言，向俄语读者介绍了自己的经历，讲述了自己的政治立场和此书的创作缘起。他从西班牙内战中侥幸逃生以后，就一直思考着如何用故事的形式来揭露斯大林统治时期的“苏联社会主义神话”。一天，他偶然看到一个小男孩在一条狭小的道路上赶马车，用鞭子抽打马匹，顿时灵光一现，觉得人类剥削牲口就像富人剥削无产阶级一样。于是他选择了用动物的视角来向人们展示当时苏联及周边国家的政治生活状况。

故事的开场，农场主琼斯先生对农场的一切拥有绝对权力，但因虐待动物而引起动物们的不满。德高望重的公猪老少校在去世前把农场的全体动物召集起来，说了这样一段话：

> 我只想重复一点，大家要永远记住自己肩负的职责，那就是要与人类及其一切生活习惯势不两立。任何两条腿走路的家伙都是我们的敌人。所有四条腿走路的，或是长着翅膀的生命，都是朋友。同时，大家也要记住，在同人类作战的同时，我们绝不能学习人类的行径。即使哪一天我们战胜了人类，我们也不能继承他们的恶习。动物不能在人类的屋子里居住，不能在床上睡觉，也不能穿衣服、喝酒、抽烟，或者染指金钱、从

事贸易。人类所有的习惯都是罪恶的。最重要的一点，任何动物都不能欺凌他的同类。个大强壮的、个小瘦弱的、聪明机灵的、头脑简单的，都是我们的兄弟。任何动物都不能残害其他动物。所有的动物都是平等的。

这是激动人心的民主宣言，也可以说是奥威尔对心目中真正的民主的诠释。以拿破仑、雪球和尖嗓子这三头公猪组成的核心团队带领全体动物赶走了琼斯先生，推翻了人类的统治和压迫，雪球和拿破仑将老少校的“动物主义”简化成了七条戒律，写在了动物农场的墙上，成为农场的法律。然而，“革命”的成功并没有为动物们带来一个没有剥削和压迫的“理想社会”，领袖之间出现了政见分歧，拿破仑和雪球为了争夺权力相互倾轧，雪球最终被逐出动物农场；动物间形成了新的阶级制度，猪成了农场的高贵种群。动物农场的戒律被一步步删改，最终墙上只剩下一条戒律——“所有的动物都是平等的，但有些动物比其他动物更加平等”。法律完全变了样，民主和平等最终为极权所践踏。

《动物农场》常与《一九八四》并称为奥威尔的两大传世之作。《一九八四》完成于一九四八年，描写达到了巅峰时期的极权主义社会，该书的写作倾注了作者的全部心血。一九四九年，在《一九八四》发表后不久，奥威尔患上了肺结核，一九五〇年一月，奥威尔在伦敦大学医院去世，年仅四十七岁。

时隔七十年，当我们再读《动物农场》时，我们应当意识到，作品影射斯大林统治时期的苏联，并不是反对社会主义，而是为了抨击变了质的苏联极权社会主义，抒发作者因无法实现心中民主、法治和平等、自由之理想的忧虑和失望。我们也应当看到，任何一场民主革命以及革命后建立的政权，如果没有民主法治作为保障，都有可能走向民主的反面。

姜希颖于杭州

# 目　录

译者序　/　*1*

第一章　动物集会　/　*1*
第二章　反抗成功　/　*11*
第三章　猪的作用　/　*20*
第四章　牛棚战役　/　*27*
第五章　雪球被逐　/　*33*
第六章　功亏一篑　/　*43*
第七章　拨乱反正　/　*52*
第八章　风车战役　/　*64*
第九章　拳师之死　/　*78*
第十章　人兽之谊　/　*90*

附：《动物农场》英文版　/　*101*

# 第一章　动物集会

庄园农场的琼斯先生锁好了鸡棚准备过夜，可他喝得太多了，竟然忘了关那几扇小门。他步履蹒跚地穿过院子，手中的灯笼泛出的光圈也随着他左右摇摆，他走到后门口，蹬掉靴子，从碗碟间的酒桶里倒了一杯啤酒，算是这一天的最后一杯，之后他便爬上床去，琼斯太太早已在那儿打呼噜了。

卧室的灯一灭，农场的各个厩棚里就活跃起来。白天的时候消息就传开了，说老少校——那头得了奖的中型白色公猪——前晚做了个奇怪的梦，想要和其他动物们交流一下。大伙儿合计好，等琼斯先生离开、大伙儿都安全以后，就到大谷仓集合。老少校（大伙儿都这么叫他，虽然当初他参展的时候用的名字是“威林登美人”）在农场里声望很高，动物们都宁愿少睡一个小时，也要来听听他想要说什么。

大谷仓的一头有一个略微高起的地方，类似讲坛，少校已经安然趴在他的稻草床上，头顶上方的横梁上挂着一盏油灯。他十二岁了，最近开始发福，但看上去仍然威严高贵。虽然他的一对长牙始终留着，但相貌依然聪慧慈善。

很快，动物们都陆续到达，按照自己的喜好舒舒服服地安顿下来。最先到的是三条狗——蓝铃、杰西和平切尔；接着是猪儿们，他们很快在讲坛前面的草堆里落座。母鸡们栖息在窗台上，鸽子们扑腾着翅膀落在房椽上，绵羊和母牛则跟在猪儿们后面，开始咀嚼反刍。两匹拉车的大马——拳师和苜蓿——同时出现，他们慢悠悠地踱步，小心翼翼地摆放自己毛茸茸的大蹄子，生怕踩到被草堆遮住的小动物。苜蓿是头结实的中年母马，生下第四个孩子后就再也找不回年轻时候的健美体形了。拳师身形庞大，将近七英尺①高，气力抵得上两匹普通马。他鼻子上有一道白纹，让他看上去多少有点可笑，事实上，他确实不算最聪明，但他坚毅的性格和超强的体力使他赢得了大伙儿的敬重。在马儿后面来的是白山羊穆里尔和驴子本杰明。本杰明在农场里年纪最大，脾气也最坏。他很少开口说话，一张嘴就尽是些刻薄挑剔的怪话，比如，他会说上帝给了他尾巴是为了让他赶苍蝇，可他宁愿没有这尾巴也没有苍蝇。农场的动物里，只有他从来不笑。要问他为什么，他会说，他没觉得有什么事情好笑的。不过，他是全心全意对拳师的，尽管他从没有公开承认过；他们俩常常在果园前面的小牧场里共度周末，肩并肩地吃草，但谁都不说话。

两匹马刚刚躺下，就看到一窝没了娘的小鸭子列队进入谷仓，他们摇摇摆摆，弱弱地嘎嘎叫着，找寻一个不会

① 1 英尺 =0.3048 米。

被踩到的地方。苜蓿用他的前腿为他们围起一道屏障，小鸭子们就在他的庇护下舒适地偎依在一起，很快便进入了梦乡。为琼斯先生拉马车的莫莉几乎是踩着点到的，她是一头漂亮却没有头脑的白色母马，她忸怩作态地走进来，嘴里还嚼着一块糖。她在靠前的地方找了个位子，一落座就开始打理自己雪白的鬃毛，想借此炫耀系在那上面的红丝带。最后一个到的是猫儿，她像往常一样四下打量，寻找一个最暖和的地方，最后在拳师和苜蓿中间给自己挤了个窝；她咕噜咕噜地顾自打着盹，少校说些什么，她一句都没听进去。

除了摩西，所有的动物都到了，摩西是一只被驯服的大乌鸦，总是在后门的一根栖木上睡觉。少校见大家都已各就各位，正屏气凝神等着他发话呢，于是，他清清嗓子，开口说道：

“同志们，想必大家都已经听说我昨晚做了一个怪梦的事了。关于这个梦，我一会儿再说。我想先说点别的事儿。同志们，我想我和大家在一起的时日不会太长了，在我死去之前，我觉得我有责任把自己多年积累下来的一些感悟传授给大家。我在这个世上时间不算短，当我独自躺在圈里的时候，我有很多思考的时间，我想我可以说，我对生命真谛的理解不比这世上的任何一种动物少。这就是我想要说给你们听的东西。

“同志们，我们到底过着怎样的生活啊？让我们正视现实吧：我们的生活是悲惨的、辛劳的、短暂的。我们出生，吃的只够刚刚果腹，我们当中能干力气活的就得一直干到剩下最后一口气；一旦派不上用场了，迎接我们的就只能是被残酷地屠宰。在英格兰，一岁以上的动物就再也无法体会快乐和闲适。英格兰的动物是没有自由可言的。动物们的一生就是苦难的一生，被奴役的一生。这就是我们所面对的简单事实。

“然而，这难道是自然界的法则吗？这一切难道是因为我们的土地太贫瘠，无法为它的子民提供舒适像样的生活吗？不是的，同志们，绝对不是这样的！英格兰土地肥沃、气候宜人、物产丰富，即使有比现在多出好几倍的动物，它也能为大家提供充足的食物。仅仅我们所在的这个农场就可以供养十二匹马、二十头奶牛和几百只羊，而且大家都可以舒适体面地生活，绝对不是我们现在能够想象得到的。那么，我们为什么现在还在继续这种苦难的生活呢？因为我们所有的劳动成果，几乎都被人类偷走了。同志们，这，就是所有问题的答案。简单地用一个词概括——人类。人类是我们唯一的真正的敌人。只要人类从我们视野里消失，那么一切饥饿、过度劳累的根源都将被彻底铲除。

“人类是唯一只消费而不生产的生物。他们不产奶，不下蛋，拉不动犁，也跑不快，逮不到兔子。可人类却成了所有动物的统治者。他们让动物们劳作，得到的粮食却只分给动物们一点点，勉强不让他们饿到，剩下的全部占为己有。我们辛勤地耕地，粪便用来施肥，而我们每个除了一副身板就都一无所有了。在我跟前的奶牛们，去年你们产了多少加仑奶啊？那些本该用来哺育你们牛犊茁壮成长的奶都跑去哪里了呢？他们都一滴一滴地淌入我们仇敌的喉咙里去了。你们这些母鸡呢，去年又下了多少蛋？又有多少孵成了小鸡崽？剩下的全都被拿到市场上卖了钱，进了琼斯和他的伙计的腰包了。还有你，苜蓿，你生的四头小马驹呢？他们本该是你老来的依靠和慰藉啊。可他们在一岁大的时候就都被卖了，你再也看不到他们了。回报你四次怀胎分娩和成日田间劳作的，除了一点点可怜的饲料和一个马厩还有什么呢？

“哪怕是这样悲惨的生活都得不到保障。就我个人而言，我没什么可抱怨的了，因为我算是比较幸运的。我活了十二个年头，生下四百多只猪崽。猪的一生也不过如此了。可是没有一种动物最终可以幸免于残忍的屠刀。坐在我面前的小肥猪崽们，不出一年，你们一个个都得在肉案上惨叫着丧命。这场恐怖的劫难，我们一个都逃不掉——奶牛、猪、母鸡、绵羊，没一个例外。甚至马和狗也一样。你，拳师，当你身上健硕的肌肉不再有力的时候，琼斯就会把你卖给专门屠杀马匹的人，他会割断你的喉管，把你煮烂了喂猎狗。至于狗，老到没牙了，琼斯就会在他们的脖子上拴上一块砖，把他们扔进附近的池塘里溺死。

“好了，同志们，事情还不清楚吗？我们生活的全部苦难都来自人类的暴政。只有推翻人类，我们才能夺回自己的劳动成果。我们会在一夜之间变得富足和自由。那么我们得怎么做呢？我们必须夜以继日，全心全意，为推翻人类而努力！要反抗——同志们，这就是我想传递给大家的信息！我不知道这反抗会在什么时候爆发，可能一个星期以后，也可能要一百年以后，但是有一点我确信无疑——正如我可以真真切切地看到我脚下的稻草一样——正义迟早会降临到我们身边。在有生之年睁大你们的双眼吧，同志们！并且，请把我的话转达给你们的后代，那样我们的子子孙孙就会把这场斗争进行下去，直到取得胜利。

“同志们，要记住，决心不能动摇。不要被任何其他意见左右。不要听信谗言，而去相信人类和动物有共同的利益，只要人类繁荣了，动物们也就兴旺了。那都是谎言。人类只会为自己谋利益。让我们全体动物都在这场斗争中团结一致，齐心协力。所有的人类都是我们的敌人。所有的动物都结成联盟。”

就在这时，谷仓里一阵哗然。原来正当少校慷慨陈词的时候，四只大老鼠也从洞里钻出来，提着前腿坐在地上听他演说。眼尖的狗儿首先发现他们，要不是老鼠们腿脚快，及时逃回洞里，怕是早就没命了。少校伸了伸爪子，让大家安静下来。

“同志们，”他说道，“现在有一个问题必须解决。像老鼠啊，野兔啊，这些自生自灭的动物，他们是我们的朋友还是敌人？让我们投票表决一下吧。我向会议提出这个问题：老鼠是不是我们的同志？”

表决立即进行，绝大部分选票都表示老鼠应当被视为同志。只有四票反对意见，分别是老猫和三只狗投的，后来动物们又发现老猫不光投了反对票，同时也投了赞同票。少校继续道：

“我不再多说什么了。我只想重复一点，大家要永远记住自己肩负的职责，那就是要与人类及其一切生活习惯势不两立。任何两条腿走路的家伙都是我们的敌人。所有四条腿走路的，或是长着翅膀的生命，就都是朋友。同时，大家也要记住，在同人类作战的同时，我们绝不能学习人类的行径。即使哪一天我们战胜了人类，我们也不能继承他们的恶习。动物不能在人类的屋子里居住，不能在床上睡觉，也不能穿衣服、喝酒、抽烟，或者染指金钱、从事贸易。人类所有的习惯都是罪恶的。最重要的一点，任何动物都不能欺凌他的同类。个大强壮的、个小瘦弱的、聪明机灵的、头脑简单的，都是我们的兄弟。任何动物都不能残害其他动物。所有的动物都是平等的。

“同志们，现在我来说说我昨晚上做的梦吧。我很难向大家形容梦里的情形。这是一个关于人类消亡后的地球的梦。它勾起了我对一件就快被遗忘的往事的回忆。很多年前，我还小的时候，我妈妈和其他母猪常常哼唱一首老歌，其实她们只记得歌曲开头的几个词，只会哼个谱而已。我打小就熟悉这个调子，但那已是记忆中很久远的事了。但是，昨晚，这首歌竟然又出现在我的梦里。更神的是，居然还有歌词。我很肯定，那是动物们很早以前唱的，好几代以前就失传了吧。同志们，我现在就为大家唱一下这首歌。我老了，嗓音嘶哑，但我教会你们以后，你们就可以用自己美妙的声音唱出来了。这首歌的名字叫《英格兰的牲畜》。”

老少校清了清嗓子，唱了起来。就像他说的，他的声音确实有些嘶哑，但他仍然唱得很好。歌曲激动人心，曲调的风格介于《克莱门泰》① 和墨西哥名曲《蟑螂歌》之间。歌词是这样唱的：

英格兰、爱尔兰的牲畜，
世界各地的牲畜，
来吧，欢乐消息我带来，
请听我描绘美好的未来。

这一天迟早定会到，
人类的暴政将被推倒，
英格兰富饶多产的土地，
将只有牲畜们的足迹。

我们的鼻子上不再穿着铁环，
脊背上也没有了挽具的羁绊，
嚼子和靴刺再也没有用处，
残暴的鞭子再也不会挥舞。

---

① 《克莱门泰》，最早出现于十九世纪八十年代。从那以后它就一直十分流行。其中幽默诙谐的故事一直在大中小学校园里和民间的合唱会上受到欢迎。

物产是难以想象的富饶，
小麦、大麦、燕麦，还有干草，
苜蓿、蚕豆，还有甜菜，
到那时都归我们来采。

在我们获得自由的那一天，
英格兰的土地上光明一片，
河水清纯见底，
风儿清新无比。

这一天的到来需要我们努力争取，
即使我们会在胜利之前死去；
奶牛、马匹、鹅和火鸡……
全都应为自由而奋斗不息。

英格兰、爱尔兰的牲畜，
世界各地的牲畜，
请听我描绘美好的未来。
并把这消息传播开来。

这歌声让动物们热血沸腾，激动万分。少校一遍都没有唱完，大家就开始哼了起来。哪怕是天资最差的动物也找到了调子，记住了一部分歌词；聪明一点的，像猪和狗，几分钟就记住了整首歌。在试唱了几次之后，农场里传来了动物们齐声合唱的《英格兰牲畜》，嘹亮的歌声响彻农场上空。奶牛哞哞，狗儿汪汪，绵羊咩咩，马儿嘶鸣，鸭子嘎嘎。大家都很喜欢这首歌，连着唱了五遍，每一遍都非常成功。要不是被打断了，他们说不定会有兴致唱个通宵呢。

很不幸，歌声吵醒了琼斯先生，他从床上跳起来，生怕有狐狸溜进了农场。他举起那把总是放在卧室墙角的枪，朝黑暗中连发六枪。弹珠深深地嵌入了谷仓的墙里，会议不得不在匆忙中收场。大伙儿纷纷逃回自己睡觉的地方。鸟儿跳上他们的栖木，牲畜在稻草堆里躺下，整个农场片刻间就进入了梦乡。

# 第二章　反抗成功

三天后的一个晚上，老少校在睡梦中安详地去世了。他被安葬在果园下面。

这还是三月初的事情。在接下来的三个月里，动物们频繁地秘密活动。少校的演说为农场里稍有智慧的动物们展开了一幅全新的生活图景。他们不知道少校所预言的反抗会在什么时候发生，他们也没有理由相信在自己的有生之年可以盼到这一天，但是他们清楚地认识到自己有责任为这一天的到来添砖加瓦。教育和组织其他动物的工作自然而然地落在了猪儿们的肩上，因为他们被公认为是最聪明的。而猪儿们当中最出色的就要数那两只名叫雪球和拿破仑的公猪了，琼斯先生打算养到一定时候就把他们卖了。拿破仑是个大块头，看上去比较凶猛，是农场里唯一的一头巴克夏猪①，他不大爱讲话，以我行我素而出名。相比之下，雪球就活泼多了，他语速很快，很有创造力，不过性子不那么深沉。农场里其他的公猪都是肉猪。名气最大的

---

① 巴克夏猪，原产英国伯克郡，全身黑色，唯四肢下部、嘴端、尾尖为白色。

要数一头名叫尖嗓子的小肥猪，他圆头圆脑的，一双忽闪忽闪的眼睛，行动敏捷，嗓子特别尖。他口才很好，当论证某个难点的时候，他总是左蹦右跳的，尾巴扫来扫去，那样子令他的话很有说服力。动物们都说，他有本事把黑的说成白的。

三头猪已经把老少校的教导归纳成一套完整的思想体系了，还给它起名叫“动物主义”。每个星期总有几个晚上，在琼斯先生入睡以后，他们会把动物们召集到谷仓开会，向大家宣传动物主义的基本原则。起先，很多动物都表示无法理解或者无动于衷。一些动物仍然认为他们有义务对琼斯先生忠贞不贰，他们称琼斯先生为“主人”，在他们眼里，“琼斯先生给我们提供生活保障。如果没有琼斯先生，我们就会饿死”。还有动物提出另外一些问题，比如：“我们为什么要管我们死掉以后的事呢？”再比如：“如果反抗终究要发生，那我们哪怕什么都不做，它不是也一样会降临吗？”猪儿们费了很多口舌才让他们明白这和动物主义的精神是相违背的。母马莫莉问了个最蠢的问题。她问雪球：“反抗以后还会有糖果吃吗？”

“不会有了，”雪球坚定地说，“这个农场里没有加工糖果的家伙，你不再需要糖果了。燕麦和干草足够你吃的了。”

“那么我还可以在我的鬃毛上系丝带吗？”莫莉又问。

“同志，”雪球答道，“你那么热衷的丝带是奴隶的象征。你难道就不明白，自由比丝带要可贵得多吗？”

莫莉表示同意，只是看上去还不是非常信服。

猪儿们面临的更为艰巨的任务是拆穿乌鸦摩西的谎言。摩西是琼斯先生最宠爱的，他在动物当中像个密探，最擅长花言巧语，散布谣言。他宣称自己知道有个叫糖果山的神秘的地方，所有的动物死后都会到那里去。他说，那山就在天空云层上面的某个地方。糖果山上一周七天每天都是休息日，那里一年四季都长着苜蓿，矮树篱上长满了砂糖块和亚麻子饼。动物们不喜欢摩西，因为他从来都只说大话，什么活都不干，但还是有一些动物相信了糖果山的故事，猪儿们不得不费尽口舌，让大家相信根本不存在这样一个地方。

猪儿们最忠实的信徒要数两匹拉车大马——拳师和苜蓿。他们俩几乎不懂得思考任何问题，而一旦认定猪儿们是他们的老师，那么猪儿们的话他们就会全部记牢，再用简单的话语转述给其他动物。每场谷仓秘密会议，他们都是忠实的到会者，每次会议结束前都是由他们领唱《英格兰的牲畜》。

事情的发展出乎意料，反抗提早到来，进行起来也没有想象的那么难。在过去的岁月里，琼斯先生虽然是个冷酷的主人，但他的确是个管理农场的能手。然而，最近他却倒了霉运。由于在一场官司里输掉了不少钱，他变得心灰意冷，借酒消愁，把身子都喝坏了。有段时间，他会躺在厨房的温莎椅[①]上，读报、喝酒，偶尔把面包皮蘸点啤酒

① 温莎椅，十八世纪流行于英美的一种细骨靠椅。

喂给摩西，就这样懒懒散散地打发掉一整天。他雇的人也开始游手好闲、偷懒撒谎，田里杂草丛生，屋顶开始漏雨，树篱也很久没有修剪了，连动物们的伙食都无法保障。

六月是割草的季节。这个月的二十四日是传统的施洗约翰节，前一天正好是周六，琼斯先生去了威林顿的红狮子酒吧，直到第二天中午才醉醺醺地回到农场。他的伙计们一大早给奶牛挤完奶，就去打野兔了，连动物的饲料都没加。琼斯先生一回来便在客厅沙发上倒头大睡，脸上盖了张《世界新闻》。就这样，直到傍晚，动物们还饿着肚子。最后，动物们终于忍无可忍。一头奶牛用她的角撞破了储物间的门，其他动物便纷纷拥进去，从各种容器里分头找起吃的来了。直到这时，琼斯先生才醒过来。他一分钟都没有耽搁，手握皮鞭，带了四个伙计冲到储物间，不管三七二十一就是一阵猛抽。饥饿的动物们再也无法忍受了。虽然先前从来没有计划过这样的行动，他们却心照不宣，一齐朝那几个人冲了过去。琼斯和他的伙计们猛然发现他们陷入了围攻，局势完全失控。他们从没见过动物们这样的举动，这些以前任由他们鞭打、虐待的动物们竟然造起反来了，几个人被吓得魂飞魄散。不多一会儿，他们就放弃了自卫，拔腿飞奔。一分钟之后，就只见五个人沿着通往大路的马车道仓皇逃窜，身后跟着乘胜追击的动物们。

琼斯太太从卧室的窗户往外望去，正好看到了所发生的一切。她急急忙忙收拾了一些值钱东西，往毛毡提包里一裹，便从另外一条路悄悄溜出了农场。摩西从栖木上跳下来，跟在她后面，一边飞一边呱呱地大声叫着。与此同时，琼斯和他的伙计们已经被追到了大路上，动物们砰的一声关上了用五根木栅钉起来的大门。就这样，在他们还没有完全意识到发生了什么的情况下，反抗已经大获成功：琼斯被逐出农场，庄园农场易主了。

刚开始，动物们还不敢相信会有这样的好事。他们做的第一件事是全体出动，跑遍农场的每一个角落，似乎是想确认再也没有人藏在某个地方。然后，他们跑回住处，毁掉了所有代表琼斯可恨的统治的痕迹。他们冲开马厩尽头的挽具屋；马嚼子、鼻环、拴狗链，还有琼斯先生用来阉猪和羊的那把沾满血腥的刀，尽数被扔进井里。缰绳、笼头、眼罩，以及挂在牲口脖子上、有辱身份的饲料袋，统统被甩到院子中央一把火烧掉。皮鞭也是。当看到皮鞭被付之一炬，所有的动物欢呼雀跃。雪球也把丝带扔进了火堆里，要知道，马儿被拉去赶集的时候，马鬃和尾巴上就常常是系着丝带的。

“丝带，”他说，“应该被视为衣物的一种，那是人类的标志。动物就应该是一丝不挂的。”

当拳师听到这番话后，立即掀掉了脑袋上的小草帽，扔进火堆。夏天的时候他往往会带顶小帽子防止苍蝇钻到耳朵里去。

很快，动物们就销毁了所有和琼斯先生有关的东西。拿破仑带着大家回到储物棚，为大家分发食物。每个动物都拿到了比以往多一倍的玉米，狗儿们则各得到了两块饼干。然后他们开始合唱《英格兰的牲畜》，从头至尾一连唱了七遍，这才各自睡下，这一觉睡得格外香甜，好像大家一辈子没睡过觉似的。

第二天，动物们还是像往常一样，天刚亮就醒了。可一醒来，就记起了他们昨天的壮举，于是全都不约而同地往牧场跑去。牧场边有一个小山包，站在上面可以看到农场的全貌。动物们冲向最高处，在清朗的晨光下俯瞰四周。是的，农场属于他们了——他们脚下的一切都属于他们了！他们欣喜若狂，欢呼雀跃。他们在露珠里打滚，尽情享用着夏日里甜美的草儿，他们踢飞脚下肥沃的黑土，贪婪地吸吮着它的芳香。之后，动物们在整个农场里巡视了一圈，耕地、草场、果园、池塘、灌木林，所有的一切都让他们觉得妙不可言，惊羡无比。看动物们的眼神，就好像他们从没有见过这些似的，过了一个晚上，他们还是不敢相信这一切都已归他们所有。

然后，他们列队走回住处，又不约而同地在前主人的屋子前默然驻足。现在这屋子也是他们的了，但是他们还是惶惶然不敢入内。片刻之后，还是雪球和拿破仑用肩膀撞开了门，动物们鱼贯而入，小心翼翼地，生怕碰坏什么东西。他们踮着脚尖，压低嗓门，怀着敬畏的心情参观了每一个房间，无不惊叹屋里令人无法置信的奢华，床上的羽绒垫、试衣镜、鬃毛沙发、布鲁塞尔地毯、起居室壁炉前挂的维多利亚女王的版画……他们正要从楼梯上走下来，突然发现少了莫莉。于是大伙儿折回去找她，这才发现莫莉待在最漂亮的一间卧室里舍不得离开了。她从琼斯太太的梳妆台上拿了一条蓝丝带，拿着它，在自己的肩膀上比来比去，正对着镜子臭美呢。动物们毫不客气地骂了她一通后都走了。几只挂在厨房里的火腿被掩埋了，碗碟间的啤酒桶被拳师一蹄子踢得粉碎。除了这些，动物们并没有动屋子里的其他东西。大家当场一致决议，这宅子应该作为一个博物馆留存下来，谁都不能住进去。

动物们吃过早餐后，雪球和拿破仑又把大家召集起来。

“同志们，”雪球说，“现在是六点半，还有长长的一天时间在等待我们。今天我们要开始割草了。不过我们必须首先完成另外一件事。”

猪儿们这才透露，在过去的三个月时间里，他们一直在自学读书认字，他们用的是琼斯先生的小孩用旧了扔到垃圾堆里的一本识字书。拿破仑派别的动物帮他取来几桶黑漆和白漆，带领大家来到大路口那扇用五根木栅钉起来的木门前。雪球（因为雪球是他们当中字写得最好的）用蹄子的两个趾头夹起笔刷，在木门最上面的横木上用“动物农场”取代了原来的“庄园农场”几个字。从今往后，“动物农场”就是这个农场的新名字了。为农场更了名之后，大家回到住处，雪球和拿破仑又派动物搬来一架梯子，把它立在大谷仓背面的墙边。他们向大家解释道，通过三个月的研究，他们已经把“动物主义”简化成“七条戒律”。这七条戒律马上就会被写到墙上，成为所有在动物农场生活的动物今后必须遵守且不能随便变更的法律。雪球摇摇晃晃，勉强爬上梯子（要一头猪在梯子上掌握平衡可不是件容易的事），开始工作，尖嗓子站在低几级的地方帮他提着油漆桶。戒律就这样被用白色大字刷在了黑色的焦油墙上，三十码以外都可以看得清清楚楚。内容如下：

**七条戒律**

一、凡是用两条腿走路的都是敌人。

二、凡是用四条腿走路，或者有翅膀的都是朋友。

三、一切动物都不得穿衣。

四、一切动物都不得睡床。

五、一切动物都不得喝酒。

六、一切动物都不得杀害其他动物。

七、所有动物都是平等的。

雪球的字写得非常工整，除了“朋友”两个字有点小错误，还有些笔画写反了之外，其他字都没有问题。雪球为其他动物大声朗读了一遍。所有的动物都点头表示毫无异议，聪明一点的马上开始背诵起来了。

“好了，同志们，”雪球把笔刷一扔，说道，“现在去草场吧！我们要干得比琼斯和他的伙计们更快，要让这成为动物们的一个骄傲。”

这个时候，三头奶牛开始哞哞大叫起来，她们似乎早就按捺不住了。原来她们已经一天一夜没挤过奶了，乳房就像要胀裂一般。猪儿们想了一会儿，就让动物们取来几个桶，很成功地为奶牛挤了奶，他们的蹄子干这活儿很是得心应手。很快就挤了五大桶泛着泡沫的新鲜牛奶，许多动物都饶有兴致地在一边观看。

“这些牛奶怎么处理呢?”有个动物问。

“过去，琼斯有时候会在我们的饲料里拌些牛奶。”一只母鸡答道。

“先别管这些牛奶了，同志们。”拿破仑站到牛奶桶前大着嗓门说道，“牛奶会照管好的。收割的事更为重要。雪球同志会给大家带队。我几分钟之后就赶到。前进吧，同志们！草场的草儿在等着我们呢。”

于是，动物们成群结队地走向草场，开始收割。等他们晚上回来的时候，发现牛奶已经不见了。

# 第三章　猪的作用

动物们辛勤劳动，干得汗流浃背，好不容易才割完草！虽然辛苦，可他们的努力并没有白费，这场收成比他们预期的还要成功。

动物们干活有时非常艰辛；所有的农具都是为人类设计的，而不是为动物服务的，要动物们像用两条腿走路的人一样操作工具，只靠两只后蹄站立着劳动，实在难办。但是猪儿们非常聪明，什么困难他们都能应付。马儿对每一寸田地都了如指掌，事实上，他们也熟知割草、耙地的每一个步骤，甚至比琼斯和他的伙计们都要内行。猪儿们并没有参与实际劳动，他们只是指挥和监督。他们超常的学识使他们理所当然地充当起领袖的角色。拳师和苜蓿负责驾驶切割机和马拉搂草机（马嚼子和缰绳当然是用不着了），他们稳稳地在田间一垄一垄地迈步，后面跟着一头猪，视情况喊着“快点，往前，同志!”或者“吁，慢点，同志!”的号子。所有动物不论大小，都忙着翻草、搬草和堆草。最后，他们只花了两天时间就完成了收割任务，比以往琼斯和他的伙计们干得都快。而且，这是农场上有史以来最大的一次丰收。一点都没有浪费，母鸡和鸭子的眼睛都很尖，一直干到把田里的最后一根草埂衔回来堆上草垛。也没有发生动物们偷吃草料的事情，哪怕是一小口都没有。

整个夏天，农场的运转都像时钟一样精准。动物们享受着从未有过的幸福生活。吃每一口食物都带给他们极大的、实实在在的快乐，这是属于他们自己的食物啊，是他们通过自己的劳动为自己创造的，而不是吝啬的主人施舍的。毫无价值的寄生虫人类离开之后，每个动物都能得到更多的食物，闲暇时间也多了，一时间还真让他们无所适从。当然，他们也遇到了很多困难，比如，秋后，当他们收割了谷物以后，由于农场里没有脱粒机，他们只能用最原始的办法把谷粒踩下来，再吹掉外壳。猪儿们的足智多谋和拳师的强健体格总是能让他们走出困境。每个动物都很钦佩拳师。他一贯勤勤恳恳，琼斯在的时候是这样，现在更加卖力了，足足抵得上三匹马。有时候，整个农场一天的活似乎都落在了他强健的肩上。他从早到晚不停地干着力气活，还总是挑最苦最累的活干。他和一只小公鸡约好，每天早上提早半小时叫醒他，在每天日常工作开始前，他会在最需要他的地方先干起来。对每一个难题，每一次挫折，他的回答总是“我会更加努力”，这都快成为他的口头禅了。

不过动物们都是各尽其能的。就拿母鸡和鸭子来说吧，他们在庄稼收成的时候拾回了四十加仑散落在四周的谷子呢。没有动物会偷食，没有动物会抱怨自己的口粮太少，争吵、暴力、忌妒这些在过去的生活中司空见惯的事都不复存在了。没有动物，或者说几乎没有动物偷懒懈怠。莫莉早上总是起不来，在地里劳动也总会找借口提前收工，说自己蹄子里进了石头，这倒是真的。猫儿的行径也有些古怪。每次一有活要干，大家就找不到她了。一失踪就是连着好几个小时，一直到吃饭时间或者傍晚收工的时候才若无其事地出现在大伙儿面前。每次她都有冠冕堂皇的理由，讲起来深情款款的，不由得大家不相信她的动机是善意的。老驴本杰明在反抗成功前后几乎没什么变化。他干起活来还是和以前一样的慢腾腾的倔脾气，该他干的他绝对不推卸责任，不是他分内的活他也绝不多干一点。关于反抗和反抗的结果，他从来都不发表任何意见。当有动物问他，琼斯不在了他是不是活得更开心时，他就回答说："驴子的寿命很长。你们还都没见过死驴子呢。"提问者虽然不明就里，也只好作罢。

星期天是休息日。早餐比平常日子要晚一个小时，饭后举行一个仪式，每周如此，从无例外。首先是升旗。雪球在挽具房里找到一块琼斯太太用过的旧餐布，在它上面用白漆画了一只兽蹄、一只犄角。每个星期天早上八点在农场花园旗杆上升起的就是这面旗子。雪球解释道，绿色的旗子象征英格兰绿色的田地，兽蹄和犄角则象征未来的动物共和国，象征人类终将被彻底推翻。升旗仪式之后，动物们成群结队来到大谷仓集会，他们称之为召开会议。在会议上，大家讨论下一周的工作计划，也会讨论和制定一些决议。每次总是猪儿们提出议案。其他动物只知道投票表决，但从来都提不出自己的议案来。每次讨论中发言最积极的总是雪球和拿破仑。但不难发现他们俩每次都意见不一，不管其中一个提什么建议，另一个便会毫无悬念地持反对意见。甚至在大家都同意——一件本身没什么值得争议的事——在果园后面建一个小围场，作为给那些不能再参加工作的动物休养的处所之后，他俩仍然对每种动物的退休年龄展开了激烈的争辩。会议总是在《英格兰的牲畜》的歌声中结束，下午是动物们的娱乐时间。

挽具室被猪儿们用作他们的总指挥部。每到晚上，他们就拿出从老主人屋里找出来的书，在那里学习铸铁、木工和其他的必备技能。雪球同时还忙着组织其他动物，成立一系列他所谓的动物委员会。他在母鸡中成立了“产蛋委员会”，在奶牛中成立了“清爽尾巴协会”，还有“野生同胞再教育委员会”（目的在于驯服老鼠和野兔），他还在绵羊中展开了“羊毛增白运动”，诸如此类，不胜枚举，当然也少不了举办一些教授读书写字的培训班。他热情似火，乐此不疲，但总的来说，这些项目都以失败而告终。举例来说，他想要驯化野生同胞的尝试几乎是一出炉就夭折了。那些动物依旧是我行我素，一旦受到些礼遇，就得寸进尺。老猫加入了“再教育委员会”，有一段时间，她工作非常积极。有一回，动物们看见她坐在屋顶上和几只麻雀在交谈。她告诉他们，现在所有的动物都是朋友了，哪只麻雀只要愿意，可以过来在她的手爪上小憩片刻，不过麻雀们还是很警惕地和她保持着一定距离。

所幸，读书写字培训班办得还是非常成功。到秋天，农场里几乎所有的动物都或多或少识些字了。

至于猪儿们，他们早就能够非常熟练地阅读和写字了。狗儿们学得很不错，只是除了看“七条戒律”之外，他们对阅读没什么兴趣。山羊穆里尔学得比狗儿们还好，有时，他会从垃圾堆里翻出一块碎报纸，在晚上为动物们朗读上面的文字。本杰明学得也不比任何一头猪差，但是从来都不展示他的技能。按他的话说，据他所知，根本没什么值得读的东西。苜蓿学会了所有的字母，但这些字母一旦连成词句他就不会了。拳师学到字母 D 就再也学不下去了。他可以用它的蹄子在地上画出 A、B、C、D，然后就只有垂着耳朵瞪着这些字母看的份了，有时候他甩甩额头前的鬃毛，绞尽脑汁想要记起后面是什么字母，却怎么都想不起来。有几次，他的确是学会了 E、F、G、H，但是学会了这几个，他却又发现自己忘记了 A、B、C、D。最后，他决定就记住前面四个字母，每天都写上一到两遍，这样就不会忘了。莫莉学会了怎么写自己的名字以后，就再也不愿意学其他字母了。她可以用几根小枝条整整齐齐地摆出自己的名字，然后在上面放上一两朵花，绕着它孤芳自赏。

除了他们，农场里的其他动物都只能够认得 A。而且，最愚笨的动物，比如绵羊、母鸡、鸭子，连“七条戒律”都记不住。雪球绞尽脑汁，终于宣布“七条戒律”实际上可以用简单的一句话来概括，那就是：“四条腿的好，两条腿的不好。”他说，这句话囊括了动物主义的最基本原则。掌握了它的真谛的动物就能永远不受人类的影响。禽鸟起先表示反对，因为他们看上去也只有两条腿，但是雪球向他们证明了事实并非如此。

“同志们，”雪球说，“禽鸟的翅膀起到推动的作用，而不是一个操纵器，因此它们应该被看作是腿。人类显著的标志是有手，而手是人类犯下种种罪行的工具。”

禽鸟其实并不理解雪球的话的意思，但还是接受了他的解释，于是所有低等动物都开始用心地学习这句新的格言了。“四条腿的好，两条腿的不好”也被写到了谷仓的墙上，就写在“七条戒律”的上面，字体更大。绵羊一旦把这话熟记在心了，便立刻喜欢上了这条格言，当他们躺在田野里时，常常会一齐吟诵“四条腿的好，两条腿的不好！”，一念就是好几个小时，也不觉得累。

拿破仑对雪球成立的委员会并不感兴趣。他说，教育年轻一代比为成年动物做任何事情都重要。正好杰西和蓝铃在割完草之后不多久就双双下崽，一共生了九条壮实的小狗崽。小家伙们一断奶，拿破仑就把他们带走了，说他要负责他们的教育。他们被带到一个阁楼上，这地方只能通过挽具屋里的梯子才上得去，所以他们就这样被隔离了，以至于农场里的动物不久就忘记了他们的存在。

牛奶神秘失踪的事很快就水落石出了。原来是被猪儿们混到了他们的饲料里。第一批苹果已经成熟，熟透的苹果被风吹落到果园的草地上。动物们理所当然地认为这些水果应该被平分；然而，有一天，大家接到命令，说所有掉在地上的苹果都要被收拢来，集中运到挽具室去，供猪儿们享用。听到这个命令，动物们犯起了嘀咕，但是有什么用呢。所有的猪都表示赞同，就连雪球和拿破仑都达成了一致。尖嗓子被派去向其他动物做必要的解释。

“同志们！”尖嗓子扯着嗓子说，“我希望，大家不会认为我们猪这样做是因为自私或者是要享用什么特权吧？很多动物都不喜欢牛奶和苹果。我自己也不喜欢。我们占有这些东西的唯一目的是要保持我们健康的体魄。牛奶和苹果里面（同志们，这是经过科学验证的）含有猪健康成长所必需的物质。我们猪是脑力劳动者。整个农场的管理和组织工作都依靠我们猪来完成。我们不分昼夜地保护着大家的福利安康。我们是为了大家才喝牛奶吃苹果的。如果猪不能履行他们的职责了，你们知道后果会怎样吗？琼斯就会回来！是的，琼斯就会回来！这毋庸置疑，同志们，”尖嗓子几乎是用乞求的口吻吼着，一边摇着尾巴来回跳，“毋庸置疑，没有谁想看到琼斯回来吧？”

如果说有一件事情动物们确信不移，那就是他们不想看到琼斯回来。一旦大家听尖嗓子从这个角度来解释这件事，他们就不好再说什么了。让猪儿们保持身体健康显然太重要了。因此，对于牛奶和苹果（包括后来成熟的大批苹果）要专门留给猪的事便没有争议了。

# 第四章　牛棚战役

到这一年的夏末，动物农场里发生的变故已经传遍半个郡了。每天，雪球和拿破仑都会派出成群的鸽子飞到邻近的农场里，混进动物当中，向他们讲述关于反抗的故事，教他们唱《英格兰牲畜》。

而与此同时，琼斯先生则是把大部分的时间消磨在威灵顿的红狮酒馆里，只要有人愿意听，他就会没完没了地抱怨他竟然被一群饭桶动物从自己农场里赶了出来，絮絮叨叨地诉说这其间的极大不公。农场主们纷纷对他的遭遇表示同情，但起先却并没有人向他伸出援助之手。实际上，他们每个人都在盘算着怎么利用琼斯的不幸为自己捞点好处。所幸，与动物农场毗邻的两处农场长期不合。其中一个叫狐狸林的是个老式农场，占地面积很大，却疏于管理，那里林地过盛，牧场荒芜，树篱也是横七竖八地乱扎堆。农场的主人皮尔金顿先生是个绅士派农夫，在不同的季节里，他或是垂钓，或是狩猎，很是逍遥自在。另外一个农场名叫品趣地，面积不大却经营得法。主人弗雷德里克精明固执，永远官司缠身，他杀价的本事远近闻名。这两位农场主看对方都不顺眼，所以从来都谈不拢，哪怕是双方都能得益的事也一样说不到一起。

不过，动物农场造反的事确实把他们吓得够呛，两人都急着想办法避免让自己农场里的动物知道得太多。起先，他们大笑着，装出一副对动物能管理农场很不屑的样子。他们都说，这种事情维持不了半个月的。他们还到处散播消息，说庄园农场（他们坚持用庄园农场这个名字，说什么都不愿接受“动物农场”这个称呼）的动物们正无休无止地相互打斗呢，而且已经饿得奄奄一息了。然而，过了一段时间，动物们并没有饿死。于是，弗雷德里克和皮尔金顿又改了说辞，开始谈论动物农场里盛行的邪恶与暴力：动物们自相残杀，同类相食，用烧红的马蹄铁对其他动物实施酷刑，雌性动物被共同占有，弗雷德里克和皮尔金顿称之为违背自然法则的造反带来的恶果。

谁都没有把这些故事当真。反而是另一种传闻开始广泛流传——动物们赶走了人类开始自己管理自己的事务，创造了美好的家园，虽然有些事实模糊不清甚至被说得走了样，但那一年，农村各地掀起了一股股反抗的浪潮。向来温驯的公牛突然间撒起野来，绵羊冲破篱笆争食苜蓿，奶牛踢翻装奶桶，猎马违背猎人的意愿不再愿意冒险出击。更重要的一点是，《英格兰牲畜》这首歌的曲调甚至是歌词已经传遍各地，速度之快令人咂舌。人类听了这首歌后，内心怒不可遏，虽然表面上他们讥讽它的荒谬可笑。用他们的话来说，他们不明白怎么会有如此无耻的歌，哪怕是动物来唱都让人无法容忍。任何动物一旦被发现哼唱这首歌曲，就免不了当场挨一顿鞭子。可这种镇压并不奏效。山鸟在树篱上啭鸣吟唱，鸽子在榆树枝上咕咕歌唱，甚至打铁铺的铸铁声、教堂里的钟声都隐约飘出这首歌的曲调。人类一听到这首歌，就忍不住暗自发抖，就像听到了人类将要灭亡的预言。

十月初，谷物都已收割完毕，堆成垛，部分已经脱粒。一群鸽子在空中盘旋着落到了动物农场的院子里，神色慌乱。琼斯带着他的伙计们，外加五六个狐狸林和品趣地的人闯过了五根栅木钉的门，正沿着马车道向农场走来。琼斯两手握枪，首当其冲，其余的人个个手持棍棒。很明显，他们是想来夺回农场。

动物们早料到会有这一天了，也做好了一切准备。雪球曾经从农舍里找出过一本讲述恺撒大帝领导的数次战役的旧书，他好好研读了一番，因而这场保卫战自然就由他来指挥。他很快便下达了备战指令，几分钟之内，动物们就各就各位了。

当进攻的人群一走近农场动物们的住处，雪球便下达了一号攻击令。所有的鸽子出动，数量多达三十五只，他们在人们头顶上飞来飞去，在半空中向这伙人投放鸟屎弹；正当人们忙着对付鸽子的时候，躲在树篱后面的鹅又出动了，他们冲上前去，猛啄这伙人的小腿。这在战术上还只是个小规模的正面交锋，目的是要打乱敌人的阵脚，鹅群很快就被棍棒打退。这时，雪球发出了二号攻击令。在雪球的率领下，莫莉、本杰明以及所有的绵羊勇往直前，冲向人群，从四面八方展开进攻，动物们又是用头撞，又是用角顶，本杰明则是背过身来用蹄子蹬。但是动物们还是招架不住人类的棍棒和他们带钉子的靴子，眼看着就要败下阵来；突然，雪球发出一声尖厉的叫声，这是撤退的信号，所有的动物都掉头躲进了院子。

人群中传来胜利的欢呼。正如他们想象的那样，他们看到了敌人的仓皇逃窜。于是他们开始乘胜追击，殊不知得意忘形的他们早已没有了对敌作战该有的整齐阵容，而这正中雪球的下怀。这伙人进院子，埋伏在牛棚里的三匹马、三头奶牛和剩下的猪便突然从后面冲出来，断了人们的后路。这时，雪球发出了冲锋的信号。他带头径直向琼斯冲去。琼斯看到他朝自己扑过来，举枪射击。子弹擦过雪球的背，划出几道血痕，却不幸击中一头羊，他倒地阵亡。雪球一刻都没有耽搁，拿自己一百二十多磅的身子往琼斯的腿上猛撞过去。琼斯一个踉跄翻到了粪堆里，手上的枪也被震飞了。动物当中最有威慑力的还数拳师，他像匹种马似的扬起钉着铁钉的前蹄，奋勇出击。第一脚就踹在了狐狸林小马倌的脑门上，小马倌倒在泥地里，当场毙命。一见这个阵势，好几个人吓得丢掉了棍棒，企图逃之夭夭。见他们被吓得魂不附体，所有的动物便集中火力围攻他们，把这几个人追得在院子里团团转。动物们对他们又顶又踢，又咬又踩。农场里的每一个动物都在用他们自己的方式向人类复仇。甚至连老猫都突然从屋顶上蹿下来，跳到一个牛倌的肩上，用爪子死死抠住那人的脖子，抓得他鬼哭狼嚎。人们一看到出口处没有动物，就抓紧机会往外溜，朝着大路夺命而逃。这场侵略进行了不到五分钟，他们就很不光彩地沿原路仓皇逃窜了，后面还跟着一群紧追不舍的鹅，边叫边咬他们的小腿。

所有的人全逃走了，除了一个人。拳师回到院子里，用马蹄子拨弄着那个趴在泥地里的马倌，想要把他翻过来。可那个小男孩一动也不动。

“他已经死了，”拳师难过地说，“我不是有意的。我忘记我钉着铁钉了。谁会相信我不是故意要杀人的呢？”

“别伤感了，同志！”雪球嚷道，他背上的伤口还在流血，“战争就是战争。人类只有死了才会成为好人。”

“可我并不想伤及性命，哪怕是人类的性命。”拳师反复强调，眼里满是泪水。

“莫莉哪儿去了？”不知是谁惊叫一声。

莫莉真的不见了。一时间，大家都觉得很紧张，担心她是不是遇害了，或者被人类劫走了。不过，最后，大家还是在马厩里找到了她。刚才枪声一响，她就被吓跑了，缩头乌龟似的一直把头埋在马槽的干草堆里。当动物们找到莫莉后再回到院子里，他们发现小马倌已经不见了，原来他只是被打晕了。

动物们重聚一堂，群情激昂，纷纷扯着嗓门开始回顾自己在战斗中的英勇事迹。一场即兴的庆功会拉开了帷幕。旗子高高升起，《英格兰的牲畜》被连着唱了好几遍，那只在战斗中牺牲的绵羊享受到了隆重的葬礼，动物们在他的坟墓上栽了山楂枝。雪球站在墓前做了个简短的演说，强调动物们要随时做好为动物农场牺牲性命的准备。

动物们一致通过了设立军功章的提议。“一级动物英雄”勋章当场就颁发给了雪球和拳师。勋章是一块铜牌（其实是从挽具室里找出来的旧黄铜马饰），可以在星期日和节假日佩戴。另外还有“二级动物英雄”勋章，追授给牺牲了的绵羊。

关于这场战役的名字，动物们讨论了很久。最终，它被命名为“牛棚战役”，因为牛棚正是伏兵埋伏的地方。动物们在泥堆里发现了琼斯先生的枪，后来又在农舍里找到一个弹药筒。于是，大家决定把枪竖在旗杆下面，充当礼炮，每年鸣放两次，一次是十月十二日——牛棚战役的周年纪念日，一次是在施洗约翰节——纪念反抗日。

# 第五章　雪球被逐

随着冬天的临近，莫莉变得越来越会惹麻烦了。每天早上干活她都要迟到，每次都说自己睡过头了，她胃口很好，却总抱怨自己身上有种无名之痛。她总是找各种各样的理由逃避劳动，溜到水塘边，傻呆呆地欣赏自己水中的倒影。然而，也有性质更为严重的传闻。一天，莫莉摇晃着尾巴，嘴里嚼根干草，正悠闲自得地在院子里溜达，苜蓿把她叫到了一边。

"莫莉，"苜蓿说道，"我要和你说件很严肃的事情。今天早上我在动物农场和狐狸林交界的篱笆边上，往狐狸林那边看，有一个皮尔金顿先生的伙计那时候站在篱笆那边。我虽然离得比较远，但我很肯定我没有看错——他在和你说话，而你居然让他摸你的鼻子。莫莉，这是怎么回事？"

"他没有！我也没有！这不是真的！"莫莉嚷起来，急得拎起前蹄一个劲儿地刨地。

"莫莉，看着我。你能用你的名誉担保，说那个人没有摸你的鼻子吗？"

"这不是真的！"莫莉重复了一遍，却始终不敢正眼看苜蓿，说完，她就一溜烟逃到田里去了。

苜蓿的脑海中灵光一现。她没有和其他动物提起这件事，而是独自跑到莫莉的住处，把草堆翻了个遍，草堆里竟然藏着一小堆块糖和几束各色丝带。

三天后，莫莉失踪了。一连几个星期都没有她的踪影，过了些日子，几只鸽子回来报告说他们在威灵顿的另一头看到了她，她正驾着一辆漂亮的红黑色轻便马车，停在一家酒馆门前呢。一个穿着格子马裤，带着绑腿的红脸胖男人一边摸着她的鼻子，一边给她喂糖吃，这人看上去像是酒馆的老板。莫莉的毛被修剪过了，额头上还扎着根鲜红的丝带。照鸽子们的说法，她好像很快乐的样子。从此，再没有动物提起过莫莉。

一月份的天气变得非常恶劣。大地被冻得硬邦邦的，什么田里活都没法干了。大谷仓里召开了很多次会议，猪儿们忙着张罗下一季度的工作任务。由于猪明显比其他动物聪明，所以大家都认可他们在农场的决策权，虽然他们的决定最终还是要得到多数票的通过才行。要不是雪球和拿破仑之间的权力之争，这样的安排也许会一直进行下去。他们两个总是抓住一切机会互唱反调。如果一个建议扩大大麦的播种面积，那么另外一个必定会提出要种植更多的燕麦；如果一个说某块田地种卷心菜刚刚好，那么另外一个就会说这块地除了种块茎植物就一无是处了。他们两个各有各的拥护者，两派常常展开激烈的辩论。在会议上，雪球运用他的出色演讲才能，往往能获得大多数动物的支持，而拿破仑则很擅长在会外游说，为自己赢得支持。拿破仑在绵羊当中特别有市场。近来，绵羊们总是把“四条腿的是好的，两条腿的是坏的”挂在嘴上当调儿唱，甚至不分时间场合，会开到一半，也会被他们的咩咩声打断。大家发现，他们还特别喜欢在雪球讲话讲到关键时刻发出这种口号声。雪球从农舍里找到一些过期的《农场主和畜产业者》杂志，经过仔细研究，已经有了很多革新和改善农场经营的计划。他满腹经纶地谈论着农田排水、饲料储藏，以及碱性废物等问题，向动物们提出了一份复杂的方案，要求大家每天把粪便直接排到田里不同的地方，以省去运输的环节。拿破仑没有提出过什么方案，却暗地里称雪球的方案都是行不通的，他似乎在等待着什么时机。他们之间争论不休，但没有一场舌战比风车之争更为激烈的了。

在狭长的牧场里，离农场动物们的住处不远，有一个小山包，那里是农场的制高点。雪球在考察了地形以后，宣布要在那里搭建一个风车，利用它来发电，为整个农场提供电力资源。有了电，动物们的厩棚里就可以有灯光了，冬天也可以用电来取暖，他们还可以使用圆锯、铡草机、甜菜切片机和电动挤奶机等机械。动物们此前从来没有听说过这些东西（因为农场是一个老式农场，只有一些最原始的机械），雪球绘声绘色地向大家勾画着用上这些机器后的生活：机器可以代替他们劳动，动物们可以从劳动中解放出来，或者在田里悠闲地吃草，或者通过阅读和交谈来提高自己的智力修养。大家不禁听得目瞪口呆。

没过几个星期，雪球就拟订了周密的风车制造计划。机械方面的细节基本参考琼斯先生的三本书——《筑屋实用手册之一千项》《人人都是砖瓦工》和《电学入门》。雪球把以前用来存放孵蛋器的屋子作为自己的工作室，在那里他可以趴在平滑的木地板上绘图。一连好多天，他关起门来一干就是好几个小时。他把书翻到相关的页面，用一块石头压住，夹着一支粉笔在地板上一刻不停地来回走动，勾勒着风车的线条，不时兴奋地低声发出呼噜呼噜的声音。就这样，初步朦胧的计划逐渐变成了一堆复杂的曲柄和齿轮图，几乎占满了半个屋子的地板，动物们虽然什么都看不懂，却也被这壮观的场景深深折服。大家每天都会前来观看雪球的设计图，甚至连母鸡和鸭子也来了，大家小心翼翼地避免踩花这些粉笔印记。只有拿破仑对此漠不关心。他从一开始就表示反对建造风车的计划。不过有一天，他终于还是不期而至，来查看计划的进展。他迈着重重的脚步，绕着工作室走了一圈，仔细地查看了每一个细节，时不时轻蔑地嗤两下鼻子，然后他斜着眼睛打量了一会儿设计图，突然抬起一条后腿，在图上撒了泡尿，一言不发便扬长而去。

整个农场在建造风车的问题上产生了严重的分歧。雪球并不否认建风车是一项艰难的工程。动物们需要搬运石块来筑墙，还需要制作翼板，后面还会需要发电机和电缆，等等。（关于到哪里去弄这些东西，雪球并没有说。）但是他坚持认为，所有的事情在一年之内就可以完成。他坚信，完工之后，劳动力就可以大大节省，动物们一周就只需要工作三天了。而另一方面，拿破仑认为，目前的当务之急是要增加粮食的产量，如果大家把时间浪费在建风车上，那大家都会被饿死的。动物们分成了两派，各有各的口号，一派称“支持雪球，倡导一周三天工作日”，另一派则称“支持拿破仑，不愁吃喝”。本杰明是唯一一个没有派别的动物。他既不相信食物会更加富足，也不相信风车可以节省劳力。他觉得，有风车还是没有风车，生活终归是一样的——一样的糟糕。

除了风车之争，动物们在农场的防卫问题上也有分歧。大家都充分认识到，虽然人类在牛棚战役中战败，但是为了夺回农场，恢复琼斯先生的统治，人类很有可能再次发起更为猛烈的进攻。他们有足够的理由这样做，因为战败的消息已经传遍了乡村各地，各个临近农场的动物们也都不那么安分守己了。像往常一样，雪球和拿破仑在这个问题上又有了不同的意见。拿破仑认为，动物们必须拥有武器，并且训练自己学会使用武器。而雪球则认为他们应该派出更多的鸽子到各地农场去鼓动动物们起来反抗。一个说，如果他们不懂得如何保卫自己，那么就注定会被打败；另一个则说，如果反抗运动在各地展开，那么他们就无须为自卫操心了。动物们一会儿觉得拿破仑说得不无道理，一会儿又觉得雪球的说法令人信服，到底该听谁的，动物们实在难以抉择；事实就是，他们两头猪各有各的说法，听谁发言你就会觉得谁有理。

雪球终于完成了他的风车制造图。在周日即将举行的会议上，动物们就要表决是否要进行这项风车工程了。当动物们都在大谷仓集合后，雪球站起来发言，虽然讲话时而被绵羊的咩咩声打断，他还是详细列举他提倡建造风车的种种理由。接着，拿破仑起身提出反对意见。他丝毫不动声色，只是说，建造风车简直是痴人说梦，建议大家都不要投赞成票，讲完很快就坐了下来；他只用了半分钟时间，似乎并不在乎他发言的效果。雪球听罢，从位置上一跃而起。这时候，绵羊又开始起哄了，雪球先大声呵斥绵羊，之后便又开始声情并茂地描述风车的好处。到那时为止，动物当中支持者和反对者还是一半对一半，但雪球的口才一下子又征服了很多动物加入支持者的阵营当中来。他绘声绘色地描绘着动物们从体力劳动的枷锁中解放出来以后的未来动物农场。他想象的蓝图已经远远超越了铡草机和切片机。他说，电力除了可以为每间厩棚提供照明、提供热水和电力取暖之外，还可以带动脱粒机、犁、耙、碾压机、收割机和捆草机。当他结束讲话的时候，选票的结果已经毫无悬念了。但就在这个时候，拿破仑站起来，神情古怪地斜睨着雪球，发出了一声尖厉的呼叫，动物们还从来没有听到过他发出这样的声音。

随着这一声尖叫，外面传来了一阵可怕的狗吠，九条套着黄铜项圈的大狗冲进了谷仓。他们径直冲向雪球，要不是雪球闪得快，早就命丧犬牙了。他夺门而逃，九条大狗就在后面穷追不舍。动物们吓得瞠目结舌，一窝蜂地挤出谷仓门，观看事态的发展。雪球正在通往大路的狭长草场上飞跑。他用尽全力地往前跑，却怎么也甩不掉跟在后面的狗群。突然，他脚下一滑，眼看着就要被狗抓到了。但他很快又爬起来，加速飞奔，狗越追越近。有一条狗几乎已经咬到了雪球的尾巴，幸好被雪球及时甩脱。只见雪球使出全身的力气往前一跃，险些被挂住，但他还是从树篱的一个缺口处逃了出去，不见了踪影。

动物们一言不发，惊恐万分地回到谷仓里。过了一会儿，几条狗窜了进来。起先，谁都没能想到这些家伙是从哪里来的，但谜底很快就揭晓了：他们就是当初被拿破仑从母狗那里带走、私自喂养的几条小狗崽。虽然还没有完全长成，但他们已经个个体型庞大，面目狰狞，犹如恶狼了。他们紧随拿破仑身边。动物们发现他们对他摇头摆尾的，就像当初其他狗对琼斯先生那样。

拿破仑在狗的追随下登上了那块少校曾经发表过演说的讲坛。他宣布，从今往后，周日会议不再举行。他说，这些会议毫无必要，纯粹是浪费时间。将来，所有和农场工作有关的问题都将由猪组成的特别委员会全权负责解决，而他就是委员会的主席。会议的召开也不再公开了，会后会向大家传达决议。动物们仍然会在星期天早上集会举行升旗仪式，歌唱《英格兰的牲畜》，并接受下周工作任务的分派，但是不会再进行任何讨论了。

尽管雪球被逐的一幕仍然让大家心有余悸，动物们听拿破仑宣布这些决定后仍然觉得惊愕和失望。一些动物本想表示抗议的，却苦于找不出合适的说辞。连拳师都隐隐地觉得不安。他耷拉下耳朵，连连甩着额头的鬃毛，努力试图理清思路，可最终他还是不知道该怎么说。倒是有几头猪跳出来说话了——前排的四头小猪同时尖声地表达了抗议。但是，拿破仑身边那几条狗马上用发出低沉的咆哮声以示威胁，吓得他们立刻闭上嘴巴，坐了下来。接着，绵羊们开始大声地吟唱“四条腿的是好的，两条腿的是坏的”，一连念了一刻钟，搅黄了任何可能展开的讨论。

随后，尖嗓子被委派到农场各处走动，向动物们解释新的安排。

“同志们，”尖嗓子说，“我相信，这里的每一个动物都会对拿破仑同志勇于承担新工作、勇于做出牺牲的精神深表感激。同志们，可别认为做领导是个美差！相反，这需要承担非常沉重的责任。拿破仑同志比谁都坚信一点，那就是所有动物都是平等的。他非常乐意让大家来决定自己的事务。但是有时候，你们会做出一些错误的决定，同志们，要是那样的话该怎么办呢？比如说，如果你们决意跟随雪球，妄想建造什么风车，那该怎么是好呢？雪球——你们现在应该明白了，他可是个十足的罪犯啊！”

“他在牛棚战役中英勇善战。”有个动物说。

“英勇是不够的，”尖嗓子说，“忠诚和服从才更为重要。至于牛棚战役，我相信总有一天我们会发现，雪球的作用被夸大了。纪律，同志们，铁的纪律！这才是我们今天所需要的口号。走错一步，敌人就会爬到我们的头上。毫无疑问，同志们，没有谁会希望琼斯回来吧？”

这一点是毋庸置疑的。动物们当然不希望琼斯回来，如果举行周日上午的讨论会有把琼斯召回来的危险，那么就让讨论停止吧。拳师已经把事情的前前后后想清楚了，他说出了动物们的总体感受：“如果是拿破仑同志说的，那就应该是对的。”从此以后，除了他自己那句“我会更加努力地工作”之外，他又接受了一条信条：“拿破仑永远是对的。”

季节交替，春耕转眼就开始了。雪球曾经用来绘制风车图的工作室早就被锁了起来，动物们都以为地上的图早已被擦掉了。每个星期天早上十点钟，动物们都会聚集到大谷仓接受下一周的工作分派。少校的头颅被动物们从果园里掘了出来，如今已经只剩下一副骨架，大家把头骨供在旗杆脚下枪边上的一个树桩上。每次升旗之后，动物们都得按照要求，恭恭敬敬地列队经过头骨进入谷仓。动物们已不再像以前那样随意坐在一起了。拿破仑、尖嗓子和另外一头名叫小不点的猪——他有出色的写诗作曲的天赋——坐在讲坛上最靠前面，九条半大不小的狗围坐在他们周围组成一个半圆，后面是剩下的猪。其他动物面对猪儿们坐在谷仓里。拿破仑粗声粗气地宣读下一周的工作指令，活像个军事统帅，之后，在动物们齐唱一遍《英格兰牲畜》后，大家就解散了。

在雪球被驱逐后的第三个周日，当动物们听拿破仑宣布风车计划还是要继续执行时，都有些惊讶。至于他为什么改变了主意，他并没有说明理由，他只是警告动物们这项额外的工作会异常艰苦，甚至会为此减少大家的口粮。但是，这个计划，小到每一个细节，都已经筹备完毕。由猪组成的特别委员会已经为此忙碌了三个星期。风车的建造和其他各项改进举措预计将在两年内完成。

那天晚上，尖嗓子私下和其他动物解释说，拿破仑其实从来没有反对过建风车的计划。相反，开始其实是他提出倡议的，而雪球在工作室地板上画的图其实都是从拿破仑画的图纸上剽窃来的。事实上，风车是拿破仑的创意。于是，有动物问道，为什么他当初如此强烈地反对这件事呢？尖嗓子神色诡异地说，这正是拿破仑同志的过人之处。他表面上装作反对风车计划，其实那只是除掉雪球的一个计谋，雪球是个危险分子，代表一股恶势力。既然雪球已经逃走了，那么计划就可以不受他的影响顺利进行了。尖嗓子称，这就是所谓的战术。他连说了好几遍："战术，同志们，战术！"他边说边摇晃着尾巴来回跑动，得意地咯咯笑着。动物们并不是很清楚这个词的意思，但是尖嗓子说得那么头头是道，还有三条狗气势汹汹地在一边嗷嗷助威，大家也就接受了他的解释，不再追问下去了。

# 第六章　功亏一篑

那一年，动物们像奴隶一般卖着苦力。但是大家都很高兴，不惜付出任何代价，不惜做出任何牺牲，因为他们都明白他们受的苦是为了自己和后代的将来，而不是为了游手好闲、专门窃取他们劳动成果的人类。

整个春季和夏季，动物们每周都要工作六十个小时，到了八月份，拿破仑宣布，周日下午也需要大家参加劳动。这个时间的工作完全是自觉自愿的，但是不参加的动物分到的粮食就要减半。即使是这样，还是有些活干不完。收成没有前一年的好，两块应该在初夏种上块茎植物的田由于没有及时翻耕而没赶上播种。可以预见，即将到来的冬天将异常难熬。

风车的建造也出现了一些料想不到的困难。农场有一块很好的石灰石矿地，动物们又在一间侧屋里找到了大量的沙子和水泥，因而，所有建筑材料是一应俱全了。但首先困扰动物们的问题是如何把石头凿成合适的大小。似乎除了用锄头和铁锹就再没有别的办法了，可动物们并不能仅靠后腿站立，因而根本无法使用这些工具。经过了几个星期徒劳的努力后，终于有动物想出了办法——利用地心引力。体积太大无法直接使用的石块在矿地上随处可见。动物们在这些石块上绑上绳子，然后，奶牛、马、绵羊，所有能拉绳子的动物一起拉着绳子，往矿地最高的斜坡上一点一点地挪动石块，在关键时刻，猪也会参加进来。拉到最高处后，大家再一起把石块推下斜坡，这样石块便会碎成好几块。一旦石块被砸碎，那么搬运工作就简单多了。马儿一车一车地拉，绵羊一块一块地拖，连穆里尔和本杰明也合作拉起了一辆轻便的两轮马车，贡献出自己的一分力量。到了夏末，动物们终于采集了足够的石料，在猪的监督下，下一步的堆建工作正式开始。

这真是一个缓慢而艰苦的过程。动物们花上一整天，干得筋疲力尽，才把一块大石头拽上坡顶，有时候，好不容易把石头拉上坡顶，推了下去，石块却没能摔碎。这些都是家常便饭。要是少了拳师，这活谁都干不成，所有动物加起来都没他一个气力大。有时候动物们吃不住力，被大石块一起拉着往下滑，就在动物们吓得纷纷尖叫起来的时候，总是拳师奋力拖住绳子，阻止住石块的下滑。他死死抠住地面，一步一步卖力地往斜坡上缓慢挪步，每个动物看到他累得气喘吁吁、汗流浃背的样子，都对他产生了由衷的敬意。有几次，苜蓿劝他不要操劳过度，拳师却总是充耳不闻。他的两条口号——“我要更加努力”和“拿破仑永远是对的”——显然已经成了他面对一切问题的答案。现在，他和小公鸡约定的早起时间已经从每天早上早起半小时变成了早起一小时。他的休息时间已经少得可怜，也都奉献给了石矿地，但是他还会再独自收集一车碎石，不靠任何动物的帮助，把石头拉到风车工地。

尽管整个夏天的工作都很繁重，动物们的境况还不算糟糕。他们的口粮虽不比琼斯在的时候多，但至少也没比当时少。现在动物们只需要养活自己，而不需要再另外负担五个生活奢华的人，这样的生活简直太美妙了，哪怕要为此承担很多的失败和挫折也在所不惜。在很多方面，动物们的办事方式更加高效，更加节省劳力。比如除草的活计，动物们干起来比人类要干净彻底许多。而且，既然没有了动物偷食的现象，就再没有必要用篱笆把耕地和牧场隔开了，这样一来，也就节省了很多维护树篱、木门的劳力。然而，随着秋天脚步的临近，动物们才发觉他们还缺很多物品，都是他们不曾预见到的。他们需要煤油、钉子、细绳、狗饼干，还有马蹄铁，这些都是农场生产不了的东西。再过一段时间，他们除了需要各种工具以外，还需要种子和化肥，最后还有制造风车的机械器具。到底如何获取这些东西，没有一个动物想得出办法。

一个星期天的上午，当动物们聚集在一起接受任务分派时，拿破仑宣布他决定实行一项新政策。从现在开始，动物农场要和邻近农场展开贸易活动：当然了，不是为了商业目的，而只是为了获得一定的急需物资。他还说，建风车的必需品要放在首位。因此，他打算先卖掉一垛干草和一些当年的小麦，接下来，如果还需要更多的钱，就会出售鸡蛋，蛋在威林顿是肯定有销路的。拿破仑说，母鸡要意识到这是她们为建风车所做的特殊贡献，应当非常乐意地接受这一牺牲。

一丝不安又一次掠过动物们的心头。永远不要和人类做什么交易，永远不要涉足贸易，永远不要染指金钱——难道这些不是在赶走琼斯后的第一次庆功大会上最早通过的决议吗？动物们都清楚地记得通过这些决议时的情景，或者至少他们认为自己还记得有这回事。四头曾经反对拿破仑取消周会的小猪胆怯地想要开口说话，却立刻被几条狗的一阵狂吠吓得没了声响。接下来，像往常一样，绵羊开始集体吟唱“四条腿的好，两条腿的坏”的口号，尴尬的局面很快被平息。最后，拿破仑举起一只蹄子，示意大家安静，并宣布他已经把所有事情都安排好了。动物们不需要和人类打交道，因为显然没有动物愿意这样做。他会扛起整个担子。一个在威林顿做律师的温佩尔先生已经同意为动物农场做中间人，帮助他们和外界打交道，此人每星期一早上都回来农场听他的指示的。拿破仑像往常一样，以一句“动物农场万岁”结束了他的讲话，随后，动物们在《英格兰牲畜》的歌声中解散了。

后来，尖嗓子到农场各处走了一圈，以安抚动物。他向动物们保证，农场从来都没有通过禁止贸易和禁止染指金钱的决议，甚至连这样的提案都没有提出过。这只是大家的想象，要追究的话，很可能是当初雪球散布的谎言之一。还是有少数动物心存疑虑，于是尖嗓子阴险狡诈地问道：“你们敢肯定那不是你们在做梦吗，同志们？你们有关于这些决议的记录吗？记在什么地方了吗？”既然这些东西显然是找不到任何书面记载的，动物们也就只能不了了之，认为是自己记错了。

每周一早上，温佩尔先生都会如约到农场来。他看上去是个奸诈之徒，小小的个子，留着络腮胡，虽只是个经办些小案子的律师，但对动物农场需要一个经纪人的事却比任何一个人都要嗅觉灵敏，他从中得到的好处费自然不少。动物们看到他来来往往，心里总是存着一分恐惧，都尽量远远地躲着他。然而，每当看到四条腿走路的拿破仑向两条腿站立的温佩尔发号施令时，他们都备感骄傲，也就在一定程度上接受了这种新的交易安排。此时，动物和人类的关系已经和以往大不相同了。随着动物农场的逐步繁荣昌盛，人类对它的忌恨可谓有增无减。每一个人都认定农场迟早要破产，特别是建风车的事，更是注定了要失败，对此人们坚信不疑。他们在酒馆里会面，相互画图表印证风车绝对造不起来，哪怕建好了，也没法运作。尽管如此，事与愿违，动物们经营自己事务的效率还是让人们对他们另眼相看，心生敬意。表现之一就是人们开始使用动物农场这个名字，而不再继续叫它庄园农场了。他们也不再拥护琼斯，而琼斯也已经离乡背井，放弃了夺回农场的希望。除了通过温佩尔，动物农场和外界还没有任何交流，但人们时常会听到传言，说拿破仑打算和狐狸林的皮尔金顿先生或者品趣田的弗雷德里克先生建立具体的商业协议，不过，人们也注意到，从来没有传闻说拿破仑想同时和这两个人做生意。

就在这个时候，猪儿们突然搬进了农舍，居住其中。此举令动物们又依稀记起早先曾经通过的一项决议，而说服大家事实并非如此的任务就又落在了尖嗓子的身上。他声称，作为农场中枢系统的猪，绝对有必要找一个安静的处所工作。而住进房屋比住在猪圈更加符合一个“领袖”的身份（近来，尖嗓子开始用“领袖”这个词来称呼拿破仑）。尽管如此，当大家听说猪不仅吃在厨房、乐在客厅，还睡在床上以后，一些动物仍然忍不住愤愤不平。拳师像往常一样，说了一句“拿破仑永远是对的”，就对此事避而不谈了；但苜蓿还清楚地记得当初不许用床的规定，便跑到谷仓一头的墙边，推敲着墙上的七条戒律，试图从中找到答案。当她发现自己根本无法读懂上面的字句后，她找来穆里尔。

“穆里尔，”她说，“给我念念第四条戒律。这条是不是说不许在床上睡觉？”

穆里尔费了好大的劲儿才看懂。

“那上面写的是：‘任何动物不得睡在铺被单的床上。’”她终于念了出来。

很奇怪，苜蓿记得第四条戒律里没有提到过被单；但墙上既然这么写着，那应该就不会有错。这时候，尖嗓子碰巧经过，身后尾随着两三条狗，他简简单单就把事情解释清楚了。

“同志们，”他说，“这么说，你们已经听说我们猪睡在农舍的床上了？为什么不睡呢？你们该不会认为有过什么不能睡床的规定吧？床只是用来形容一个睡觉的地方。从某种程度上讲，一堆稻草也可以是一张床。规定只是说不能用被单，因为那是人类的发明。我们已经把床单从农舍的床上撤走了，我们用的是毯子。床上垫毯子也很舒服！但我可以告诉你们，同志们，我们现在要做那么多脑力劳动，这种舒服劲儿真的不够啊。同志们，你们总不想夺走我们的睡眠吧？你们总不想让我们累得无法履行我们的职责吧？很肯定，没有谁想让琼斯回来吧？”

动物们立刻向他保证，他们绝不愿意琼斯回来，对于猪睡在农舍的床上的事就再也没有动物谈论了。过了几天，动物们被告知，以后猪会比其他动物晚起一小时，也没有谁对此有什么怨言。

这个秋天，动物们虽然辛劳，但是很快乐。他们付出了一年的努力，在卖掉了部分干草和谷物以后，为冬天储备的粮食已经并不富足了，但已经建了一半的风车可以弥补一切。秋收之后，是一段秋高气爽的日子，动物们干得比以往更加卖力，成天来来回回地拉石头，大家都觉得只要能为风车的围墙添砖加瓦，哪怕再苦再累也值得。拳师甚至在晚上都会借着月光再独自干上一两个小时。空闲时候，动物们会在这个进程过半的工程面前转来转去，望着砌得笔直、气派十足的墙，惊叹不已，简直不敢相信他们可以修筑如此伟大的工程。只有老本杰明依然对风车没有任何热情，只是像往常一样，唠叨几句“驴的寿命很长”

之类的不知所云的话。

很快到了十一月，天空刮起了呼啸的寒风。连续的降雨使得动物们无法搅拌水泥，工程不得不中断。终于，有一天晚上，狂风怒号，刮得农场里的棚厩东倒西歪，谷仓顶棚上的瓦片也被吹落了不少。母鸡们似乎都在睡梦中听到了远处传来的枪声，吓得醒了过来，咯咯乱叫。早上，动物们从棚厩里出来，发现旗杆已经被吹倒，果园一角的橡树像棵萝卜似的被连根拔起。而下面的景象更让每个动物都发出了绝望的呼叫。他们看到了可怕的一幕。风车工地变成了废墟一片。

大家不约而同地奔向工地。拿破仑平时走路都是慢条斯理的，这会儿冲在了最前头。是的，全完了，他们艰苦奋斗的成果就这样被夷为平地了，他们辛辛苦苦砸碎运来的石块散落在四周，一片凄凉。动物们一时间不知道说什么，全都神情忧伤地站在乱石堆前，拿破仑一言不发地来回踱步，不时朝地面抽着鼻子。他的尾巴来回扫动，变得越来越僵硬，这是他在进行紧张思考的一个标志。突然，他停下来，似乎是做出了决定。

“同志们，”他语调平缓，“你们知道这是谁干的吗？你们知道夜闯农场摧毁风车的敌人是谁吗？是雪球！”他突然爆发出雷鸣般的吼声。“这一切都是雪球干的！他用心险恶，想要阻止我们的计划，想要为自己被不光彩地驱逐报仇，这个叛徒在夜幕的掩护下偷偷潜入农场，毁掉了我们近一年的劳动成果。同志们，此时此刻，我宣布判处雪球死刑。任何处死他的动物将被授予‘二级动物英雄’称号，并奖励四加仑①半蒲式耳②的苹果。活捉他的动物将获得一蒲式耳的苹果。”

当动物们听说雪球竟然做出了这样恶劣的行径，无不惊骇万分，一时间群情激昂，每个动物都义愤填膺地叫嚷起来，并且开始考虑，如果雪球回来，该用什么办法把他捉住。几乎是与此同时，在离小山包不远处的草地上发现了一头猪的蹄印。这些蹄印只延续到几码开外，但看起来是朝树篱的缺口方向去的。拿破仑仔细嗅了嗅这些蹄印后，便断定这是雪球留下的。他认为，雪球很可能是从狐狸林农场方向过来的。

“不能再耽搁了，同志们!”拿破仑在查看了蹄印之后，大声说道，“我们可没空闲着。今天早上，我们要开始重建风车，不管刮风下雨，整个冬天我们都不能停工。我们要告诉这个无耻的叛徒，我们没那么容易被打垮。记住，同志们，我们不能更改我们的计划：我们要按计划完成这个工程。前进吧，同志们！风车万岁！动物农场万岁!”

---

① 英制加仑 =4.5460919 升。

② 1 蒲式耳 =8 加仑。

# 第七章　拨乱反正

这是一个难熬的冬天。暴风雨过后又迎来了冰雪天气，紧接着又是严重的冰冻，直到次年二月才逐渐消融。动物们竭尽全力重建风车，因为他们都知道，农场外面有千万双眼睛在看着他们，如果风车不能在原定时间内完工，那么人类一定会幸灾乐祸，不知道高兴成什么样呢。

尽管如此，人类故意不理会雪球破坏了风车工地的说法；却说围墙的倒塌是因为墙体不够扎实。动物们明白事实并非如此。不过，大家还是决定把墙体加厚到三英尺，而不是按照原先十八英寸的规格来建造，而这就意味着他们需要更多的石料。采石场里厚厚的积雪很长时间都没有融化，什么都干不了。之后在干燥多霜的天气里，工程还是有了一点进展，但无比艰巨的任务令动物们再也无法像以往那样充满希望了。他们挨饿受冻，饥寒交迫。只有拳师和苜蓿从来没有丧失过信心。尖嗓子不时发表一些精彩的演说，大谈工作的快乐和劳动的高尚，以鼓舞士气，但真正让动物们振作起来的，还是拳师的全力投入和他一直挂在嘴边的那句“我要更加努力”。

到了一月，粮食不够了。动物们的谷物份额急剧减少，大家接到通知，说会以一定量的马铃薯来补充谷物的不足。不巧的是，大家发现大部分存放在窖里的马铃薯都因为密封不严而冻坏了。马铃薯都已经变软变色，只剩下一小部分还可以食用。一连好多天，动物们除了谷糠和甜菜，没有任何其他食物可以吃。看来他们马上就要饿肚子了。

不让外界知道他们的处境成了当务之急。风车围墙倒塌的事件为人类壮了胆，他们开始为动物农场制造各种流言蜚语。很快，"动物们正在遭受饥荒和疾病""自相残杀的事情不断发生""吞噬同类和杀戮幼小的现象比比皆是"，凡此种种，各地再一次流言四起。拿破仑清楚地知道粮食短缺的实情一旦传出去，后果将不堪设想。因此，他决定利用温佩尔之口，传播一些和实情相反的消息。此前，温佩尔先生每周来访一次，动物们几乎和他没有任何接触；而现在，拿破仑挑选了一些动物代表——大部分是绵羊——在他听得到的范围里走动，装作不经意地谈论他们的口粮有所增加。另外，拿破仑还指示动物们先将沙子填入仓库里那些已经见底的储物箱，装到箱口边，再在表面铺上所剩不多的谷物和口粮。之后，找了一个合理的借口，将温佩尔带到仓库，让他看到这些箱子。他果然上当，不断向外界报告，动物农场根本没有粮食短缺的问题。

尽管如此，到了一月底，动物们显然已经不得不想办法从别处弄些粮食来了。这些天，拿破仑很少在公共场合露面，大部分时间都待在农舍里，而农舍的每扇门都有面目狰狞的恶狗把守。即使偶尔露面，拿破仑也很有架势，每次都有六条狗随同，把他紧紧地包围在中间，一旦有谁走近他们，那些狗就会嗷嗷地咆哮起来。他甚至连周日早上都不常出现了，有什么命令就托其他的猪来下达，这头猪通常是尖嗓子。

一个星期日的早上，尖嗓子宣布，产蛋的母鸡必须把蛋都交出来。拿破仑已经和温佩尔达成了一项协议，每周要出售四百个鸡蛋。这笔钱可以用来购买谷物和口粮，足够大家维持到夏天，这样农场就可以继续运作下去，日子会好过很多的。

母鸡们听罢，立刻沸沸扬扬地吵闹起来。其实她们对这件事已经早有耳闻，但那时她们还不相信真的会需要自己做出这种牺牲。她们只是不断下蛋，为春天孵蛋做着准备，母鸡们抗议说，拿走她们的蛋就等于谋杀。自从琼斯被逐后，农场里第一次出现了类似反抗的现象。在三只年轻的黑色米诺卡鸡的带领下，母鸡们决意阻挠拿破仑的计划。她们飞到房椽上下蛋，这样蛋就会落到地上摔得粉碎。对此，拿破仑迅速而冷酷地予以反击。他下令停止给母鸡发放口粮，并规定，任何接济母鸡的动物，哪怕只给一粒粮食，都将被处以死刑。狗负责监督这项命令的执行。母鸡们坚持了五天，终于停止了反抗，乖乖回到鸡窝里去了。期间，九只母鸡死了。她们的尸体被埋在果园里，对外称她们死于球虫病。这件事并没有让温佩尔知道，鸡蛋按期交付，每周他都开着食品店的小货车来把蛋运走。

整个期间，谁都没有再见过雪球露面。传闻他躲在附近的某个农场里，不是在狐狸林，就是在品趣田。此时，拿破仑和其他农场主的关系已经略有好转。院子里有一堆木材，还是十年前清理山毛榉小树林后留下的，经过风吹日晒，已经相当干燥了。温佩尔建议拿破仑卖了它；碰巧，皮尔金顿先生和弗雷德里克先生又都很想买下这堆木材。拿破仑正在这两个买家间犹豫着，一时拿不定主意。大家注意到，似乎他刚想和弗雷德里克成交，便有传闻说雪球藏在狐狸林，一旦他倾向于卖给皮尔金顿，又会有雪球躲在品趣田的说法。

早春时节，突然出了一件令人担心的事。雪球竟然经常在夜间潜入农场！动物们惶恐不安，以至于夜不能寐。据说，每天夜里，雪球都在夜色的掩护下溜进农场，搞各种各样的破坏活动。他偷走谷物，打翻奶桶，砸碎鸡蛋，践踏苗床，咬烂果树的树皮。总之，只要什么地方出了点乱子，动物们都把它归罪于雪球。如果窗户破了或者排水沟堵了，总有动物会说是雪球半夜跑来干的；如果仓库的钥匙找不到了，整个农场都会认定是雪球把它偷走扔进了井里。奇怪的是，即使后来在某袋粮食下面找到了钥匙，动物们依然对先前的说法深信不疑。几头奶牛异口同声地称雪球进入过她们的牛棚，在她们睡觉的时候挤走了她们的奶。那年冬天老鼠特别猖獗，于是雪球又被判和老鼠结党营私，狼狈为奸。

拿破仑下令，要对雪球的种种活动进行彻底清查。在狗的护卫下，他开始亲自仔细检查农场的各个棚厩，其他动物则毕恭毕敬地尾随在后面，和他保持一定的距离。每走几步，拿破仑就停下来闻一闻地面，寻找雪球的足迹，他说，如果雪球来过，他可以凭嗅觉判断出来。从谷仓到仓库，从鸡棚到菜园，他闻遍了每一个角落，几乎在每个地方都发现了雪球的气味。他把鼻子紧贴着地面，深深地吸几口气，发出可怕的惊叹："雪球！他来过这里！我能闻到他的气味，绝对错不了！"而一听到"雪球"这个词，几条狗就会龇牙咧嘴地发出令人毛骨悚然的吼声。

动物们被吓得魂不守舍。在他们看来，雪球已经形成了一股无形的影响力，这种力量弥漫在他们周围的空气里，令他们无法摆脱种种厄运。晚上，尖嗓子召集大家，面带惊慌地说他有一件非常严肃的事情要和大家宣布。

"同志们，"尖嗓子扯着嗓子说，由于紧张，身子跳动了几下，"我们发现了一件更为可怕的事。雪球已经把他自己卖给品趣田的弗雷德里克了，这个弗雷德里克正在策划攻击我们，夺走我们的农场！进攻一开始，雪球就将为他做向导。还有更糟的呢。我们曾以为，雪球的反叛只是出于他的空虚自负和个人野心。但我们错了，同志们。你们知道其中真正的原因吗？雪球一开始就和琼斯联手了！他一直就是琼斯的密探。这些从他遗留下来的文件里都可以得到证实，我们刚刚发现这些阴谋。我认为，这可以解释很多事情，同志们。回过头去想想，在牛棚战役中，他是怎样企图让我们被击败的，虽然他没有得逞，这些我们可都是亲眼看见的啊！"

动物们目瞪口呆。这项罪行比雪球破坏风车的事可要严重百倍啊。但要完全接受这些说法，还需要一点时间。他们都还记得——或者说是自认为还记得——在牛棚战役中雪球如何冲锋陷阵，如何在每个关键时刻鼓舞士气，让大家重整旗鼓，如何奋勇抗敌，哪怕在被琼斯的枪打伤后也丝毫没有退缩。一时间，要把这些记忆和雪球串通琼斯的说法联系在一起，实在是有些困难。连甚少提问的拳师也感到困惑不解。他趴到地上，把前蹄藏在身下，闭上眼睛，很努力地想要理清自己的思路。

“我不信，”他说，“雪球在牛棚战役里英勇作战，这是我亲眼所见。战斗一结束，我们不是就授予他‘一级动物英雄’勋章了吗?”

“同志们，那是我们犯了错误。因为事到如今，我们什么都清楚了——在我们发现的秘密文件里都写得明明白白的——实际上他在引诱我们走向灭亡之路。”

“可是他还负伤了呢，”拳师说，“我们都看见他流血了。”

“那是计划的一部分!”尖嗓子叫道。“琼斯的子弹只是擦伤了他。如果你们看得懂的话，我可以让你们看看他亲笔写的东西。他们的阴谋是，在关键时刻，雪球给出逃跑的信号，把战场留给敌人。而他差点儿就阴谋得逞了——我甚至可以说，同志们，要不是因为我们英勇的领导——拿破仑同志，他就已经成功了。你们还记不记得，在琼斯和他的伙计们闯进院子的时候，雪球突然掉头就跑，而很多动物都跟在他后面跑？你们是不是还记得，就在那个惶恐万分、眼看着就要失守的时候，拿破仑同志高呼一句‘消灭人类！’就冲在了前面，狠狠地咬了琼斯的腿？当然，大家还都记得这些吧？”尖嗓子一边说，一边来回蹦跳着。

经过尖嗓子一番绘声绘色的描述，动物们好像的确记起有这么一回事。至少，他们记得在战斗的关键时刻，雪球确实曾经转身逃跑过。不过，拳师还是觉得有点不踏实。

“我还是不相信雪球从一开始就叛变了，”他终于开口说，“他后来的所作所为是另一码事。但我相信，在牛棚战役中，他还是一个好同志。”

“这位同志啊，”尖嗓不紧不慢，语气坚定地说，“我们的领袖拿破仑同志，已经非常明确、非常明确地宣布，雪球从一开始就是琼斯的密探。是的，在大家还没有想过要造反之前就已经是了。”

“啊，那就不一样了！”拳师说，“如果是拿破仑说的，那肯定错不了。”

“同志，这才对嘛！”尖嗓子说道，但动物们注意到，他那双闪亮的小眼睛恶狠狠地瞪了拳师一眼。他转身要走，却又停下来用威严的语气加了几句：“我提醒农场里的每一个动物，一定要时时刻刻睁大眼睛。因为我们有理由相信，雪球的密探此时可能正潜伏在我们当中！”

四天以后的傍晚，拿破仑召集所有动物到院子里集合。当大家都到了以后，拿破仑从农舍里走了出来，身上佩戴着他的两枚勋章——不久前，他刚给自己颁发了“一级动物英雄”和“二级动物英雄”两个荣誉称号，九条大狗围着他跳来窜去，呜呜低吼，听得动物们脊背阵阵发凉。大家都安静地蜷缩在自己的位置上，似乎预感到将要发生一些可怕的事情。

拿破仑板起脸扫视着他的听众，接着提起嗓子号叫一声。几条狗应声蹿上前去，咬住四头小猪的耳朵便把他们拖到了拿破仑跟前，小猪们又疼又怕，尖叫不断。他们的耳朵被咬得鲜血淋漓，狗尝到了血腥味，一时间兽性大发，发狂了一般，竟然向拳师扑过去，这让动物们惊恐万分。拳师看到他们朝自己冲过来，扬起一只前蹄，在半空中蹬下了其中一条狗，把他按倒在地。这条狗发出求饶的哀号声，另外两条见状夹着尾巴就逃跑了。拳师看着拿破仑，想知道该怎么处置这条狗，是饶了他，还是结束了他。拿破仑脸色大变，厉声呵斥拳师放了那条狗，于是，拳师抬起蹄子，狗呜咽着，带着伤灰溜溜地逃开了。

一场骚乱终于得以平息。四头猪瑟瑟发抖，等待发落，脸上写满了内疚。这时，拿破仑命令他们坦白自己的罪状。他们正是当初反对拿破仑取消周日大会的那四头猪。还没等逼供，他们很快就坦白说，自从雪球被逐后，他们就私下和雪球有联系，破坏风车工程的事他们也是共犯，而且他们几个已经和雪球达成协议，要帮助他把动物农场转手给弗雷德里克先生。他们还供认说，雪球私下和他们承认，他在过去几年里一直是琼斯的密探。小猪们一交代完罪状，几条狗就马上撕断了他们的喉咙，拿破仑厉声问其他动物，有没有什么需要坦白的。

这时候，曾在鸡蛋事件中闹事未遂的三只为首的母鸡走到前面，供认说她们曾经有一次梦到雪球唆使她们不要服从拿破仑。于是，她们也被处以死刑。接下来，一只鹅上前供认，他在去年收获的时候私藏了六穗谷子，在晚上偷偷吃了。又有一只羊坦白自己曾把尿撒在饮水塘里，她说那是雪球怂恿的。又有两只羊招供害死过一只年迈的公羊，那是一只对拿破仑无比忠诚的老羊，那回，他们不顾他咳得厉害，追着他绕着火堆一圈一圈地跑。这些动物全都被当场处死了。就这样，坦白和处死的场面不断地发生，拿破仑跟前的尸体越堆越高，空气里弥漫着浓浓的血腥味，这还是琼斯被逐后从来没有发生过的事。

当一切都过去之后，剩下的动物簇拥在一起，默然地离开了，只有狗和猪还留在原地。动物们胆战心惊，六神无主。他们分不清哪样更让他们震惊——是动物们背信弃义勾结雪球的图谋反叛，还是他们刚刚目睹的这场残酷的血腥杀戮。如此可怕的流血事件以前也经常发生，但如今发生在自己的同类之间，还真是异样地令人毛骨悚然。自打琼斯离开农场至今，还没有发生过动物杀害动物的事件，连小老鼠都没被杀害过。动物们一齐走到风车工地所在的小山包上，不约而同地趴倒在地，就像是要相互取暖一般——苜蓿、穆里尔、本杰明，还有奶牛、绵羊和鹅群、鸡群，所有的动物全都挤作一团，除了猫，他在拿破仑下令召集动物集合之前就突然失踪了。很久都没有动物说话。只有拳师没有卧倒。他坐立不安地晃动着身躯，黑色的长尾巴来回摇摆，时而发出惊恐的嘶鸣声。最后，他终于发话：

“我实在是不明白。我无法相信这样的事会在我们农场发生。一定是我们自己犯了什么错。依我看，解决办法只有更加努力地干活。从现在开始，我每天早上都要早起一个小时。”

他迈着缓慢而又沉重的步子，一路小跑往采石场奔去。一到那里，他就开始装运石料，连着拉了两车，一直忙到天黑。

其他动物依然围在苜蓿身边，一言不发。在小山包上，动物们可以清楚地俯瞰到广阔无垠的乡间风光。动物农场的大部分地方也都尽收眼底——狭长的通往主干道的牧场、草田、灌木林、饮水塘、长满茂密的绿色麦苗的耕地，还有农场棚厩的红色屋顶，烟囱里冒着袅袅青烟。这是个晴朗的春日傍晚。草地和葱茏的树篱仿佛被落日的余晖均匀地镀上了一层金子。农场从来没有像此时此刻那么令他们心旷神怡，动物们猛然记起，这已经是他们自己的农场了，每一寸土地都是属于他们自己的。苜蓿往山坡下看去，热泪盈眶。如果她可以表达自己的想法，那她一定是想说，当年他们为推翻人类而斗争，所追求的可绝不是今天这样的生活。是夜，老少校激励大家起来反抗，期待看到的也绝不会是今天恐怖的杀戮。要是让她自己来描绘未来的图景，那应该是一个没有饥饿、没有压迫、处处平等的动物乐园，在那里动物们各尽所能，强者保护弱者，就像少校演说那天她用身体护住那群小鸭子那样。而现在，她不知道为什么，动物们不敢说出自己的心里话，到处可见咆哮的恶狗出没，还得眼看着自己的同胞在坦白可怕的罪状后被活生生地撕烂。在她的脑海里并没有反抗或者抗拒这类想法。她知道，即便是像现在这样，日子也比琼斯在的时候好过很多，而且，他们最首要的任务是要阻止人类的复辟。不管发生什么，她都要忠贞不渝，兢兢业业，做好分内的事情，服从拿破仑的领导。不过，她依然觉得，她和所有其他动物所期待和为之辛苦付出的并不是现在这样的生活状况。大家建造风车，与琼斯的枪子儿对抗，为的也不是现在这样的结果。这是她真实的想法，虽然她不知道怎样用语言来表达。

她始终找不出合适的词语，最终便唱起了《英格兰的牲畜》来表达自己的心声。在她身边的动物们跟着她一起唱起来，连着唱了三遍——歌声依旧悦耳动听，但大家唱得很慢，歌声中亦加入了从来没有过的淡淡忧伤。

大家刚唱完第三遍，就见尖嗓子在两条狗的护卫下朝他们走来，看样子是有什么要紧事要说。果然，他宣布，根据拿破仑同志颁布的特别指令，《英格兰的牲畜》这首歌被废除了。从现在开始，谁都不许再唱这首歌。

动物们大吃一惊。

“这是为什么？”穆里尔问。

“这首歌已经没有存在的必要了，同志，”尖嗓冷漠地答道，“《英格兰的牲畜》是一首为反抗而唱的歌。我们已经大功告成了。今天下午对叛徒的处决就是最后的一幕。不管是内部敌人还是外部敌人现在都已经被击败。在《英格兰的牲畜》中我们表达了对一个更美好的未来社会的向往之情。而这样一个社会如今已经建立起来了。那么，很清楚，这首歌就不再有它存在的意义了。”

动物们虽然害怕，但还似乎会有一些动物提出反对意见的可能，就在这时，绵羊开始了他们惯常的吟唱——“四条腿的好，两条腿的坏”，几分钟唱下来，阻止了任何讨论的展开。

《英格兰的牲畜》就这样销声匿迹，再也听不到了。取而代之的是诗人小不点创作的另一首歌，开头两句是这样唱的：

动物农场，动物农场，
我绝不做危害你的勾当！

每个星期天上午升旗之后，动物都要唱这首歌。但不知怎么的，动物们总觉得它的歌词和曲调都比不上《英格兰的牲畜》。

# 第八章 风车战役

几天后，当处死动物带来的恐慌慢慢平息之后，一些动物记起——或者自以为记起——第六条戒律规定“一切动物都不得杀害其他动物”。虽然谁都没在猪和狗面前提起这事，大家都觉得这次杀戮无法得到他们的认可。苜蓿想请本杰明给她念一下第六条戒律，而本杰明像往常一样说他不愿意管这种闲事，苜蓿只好转而去找穆里尔帮忙。穆里尔为她念了那条戒律。是这样写的：“一切动物都不得无故杀害其他动物。”不知怎么回事，动物们的记忆当中竟然遗漏了“无故”这两个字。但既然那些动物都是勾结雪球的叛徒，显然处死他们是有充分理由的，并没有违反戒律的规定。

这一整年，动物们比往年更加辛苦。为了赶在预定期限内重建风车，而且要把围墙建得比原来厚一倍，同时又不能落下农场的日常工作，动物们的工作量是巨大的。有时候，动物们甚至会感到自己工作时间变长了，而吃的反而比不上琼斯在的时候。周日早上，尖嗓子会用他的蹄子夹着一张长长的纸条，向动物们宣读大量的数据，证明每种粮食的产量都增长了百分之二、百分之三，或者百分之五。动物们没有理由怀疑他，更何况他们根本记不清楚反抗发生前的粮食情况。不过，有时候他们还真希望能够少些数字多些口粮。

现在，所有的命令都是由尖嗓子或者另外一头猪来传达的。拿破仑自己顶多两个星期公开露一次面。每次出来，不光身后跟着狗随从，前面还多了一只小公鸡为他开道、充当喇叭手，每到拿破仑要发话时，小公鸡便先喔喔喔地大声啼鸣几下。据说，在农舍里，拿破仑单独住一个房间。他独自用餐，用上了客厅玻璃柜里那套有英国王冠标志的德比瓷器餐具，边上还有两条狗伺候着。动物们又被告知，以后除了先前规定的两个周年纪念日外，每年拿破仑的诞辰日也要鸣枪以示庆祝。

动物们已经不能再对拿破仑直呼其名了，得非常正式地称呼他“我们的领袖拿破仑同志”，猪儿们更是喜欢给他封上各种各样的新头衔，“动物之父”“人类的克星”“羊栏的守护神”“小鸭之友”如此等等。在尖嗓子的讲话中，每每提到拿破仑的智慧和善心，提到他对各处动物的深深关爱，特别是对其他农场那些被奴役着的不幸而又无知的动物们更是关怀备至时，两行热泪就会顺着他的脸颊流下来。每一次的成功，每一次的好运，都要归功于拿破仑，这似乎成了习惯。常常会听到母鸡间这样的谈话：“在我们的领袖拿破仑同志的领导下，我在六天里下了五个蛋。”或者是两头在池塘边饮水的奶牛，高声歌颂道：“多亏了我们的领袖拿破仑同志，这水是如此的甘甜！”农场里的动物们的感受可以用小不点写的一首诗来概括，诗的题目是《拿破仑同志》：

孤儿的挚友！
快乐的源头！
是您哺育世间生灵！
哦，当我注视着您
镇定威严的目光，
犹如天上的太阳，
我的灵魂在燃烧。
啊，拿破仑同志！

您的博爱施恩
遍及芸芸众生，
一日饱食两餐，享用清爽的稻草；
动物无论大小
都安睡于畜栏，
有您为大家守护，
啊，拿破仑同志！

我若生育幼崽，
不等他长成，
在襁褓中，在摇篮里，
我便要教会他

对您忠诚，永不背弃，
是的，他要学的第一声呼唤就是
“啊，拿破仑同志！”

这首诗得到了拿破仑的认可，被写到了大谷仓后的墙上，同七条戒律并列墙的两边。诗的上方由尖嗓子用白漆绘上了拿破仑的侧面像。

同时，通过温佩尔这个中介，拿破仑开始了同弗雷德里克和皮尔金顿之间的复杂谈判。那堆木材还没有卖掉。在他们两人之中，弗雷德里克更为心切，但他给的价格不够理想。同时，又有谣言传来，说弗雷德里克和他的伙计们正在密谋攻击动物农场，毁掉风车工程，要知道这项工程早已燃起了他心中熊熊的妒火。大家还听说，雪球仍然躲在品趣田农场。仲夏时分，动物们又听说了一件令他们震惊的事，三只母鸡主动供认，她们受到雪球的蛊惑，参与到了一场谋害拿破仑的阴谋当中。这三只鸡马上就被处死了，而为了保护拿破仑的安全，一些新的防范措施也出台了。每晚都有四条狗分别守护在他床边的四角，另外还有一头名叫红眼睛的小猪被委以重任：为防止食物被下毒，凡是拿破仑要吃的食物他都要事先品尝。

就在这个时候，有消息说拿破仑已经决定把木材卖给皮尔金顿先生；同时，在动物农场和狐狸林之间还将定期展开一些物品的交换活动。现在看来，拿破仑和皮尔金顿之间的关系已经比较友好了，虽然双方的交易还是通过温佩尔进行的。动物们并不信任皮尔金顿，因为他是人类，但是和那个令他们又怕又恨的弗雷德里克比起来，皮尔金顿还是可取多了。随着秋天的临近，风车工程已渐近尾声，而关于农场即将遭到袭击的谣言也愈演愈烈。据传，弗雷德里克准备率领二十个人持枪闯入动物农场，而且已经买通了地方政府和警察局，这样一来，一旦他成功抢占了动物农场，官方是不会有任何异议的。此外，从品趣田不断传来骇人听闻的消息，说弗雷德里克如何虐待他的动物。他用鞭子把一匹老马活活打死；他不给奶牛喂食；他把一条狗扔进炉子活活烧死；晚间，他把刀片绑在鸡爪上，观看斗鸡取乐。动物们听到自己的同胞如此遭遇，不禁义愤填膺，热血沸腾，有好几次听到气愤处，动物们嚷嚷着请缨，要求集体出动攻打品趣田，赶走人类，解放动物。但每次尖嗓子都劝大家不要轻率行动，要相信拿破仑同志的战略部署。

尽管如此，对弗雷德里克的仇视情绪与日俱增。一个星期天的早上，拿破仑出现在谷仓，向大家解释说他从来没有考虑过要把木材卖给弗雷德里克；他认为和那种流氓恶棍做交易有损自己的尊严。农场仍然不断地派鸽子出去传播反抗的消息，但已规定他们不得在狐狸林的任何地方落足。同时，原先“消灭人类”的口号也被改成了“消灭弗雷德里克”。夏末，雪球的另一项阴谋又被揭穿。麦田里不知何故长满了杂草，原来这是因为雪球在一天夜里溜进农场，偷偷把草籽和粮食种子混在一起导致的。一只公鹅向尖嗓子坦白了他参与这项阴谋的罪行，随后就吞下剧毒的颠茄果自杀了。至此，动物们才知道，雪球原来从没有向他们一直所认为的那样拿到过什么“一级动物英雄”勋章。这一切只不过是牛棚战役后雪球为自己编造的故事。他不但没有被授予过勋章，而且还因为在战斗中的怯懦表现而受到过谴责。听了这些，一些动物又不免表现出一些迷惘，不过尖嗓子又很快地说服他们相信，是他们的记忆出了毛病。

秋天，动物们付出了巨大的努力，终于完成了庄稼的收获和风车工程两件大事。风车的构建工程已然竣工，剩下机械设备还有待安装，温佩尔正在联系具体的购买事宜。尽管缺乏经验、工具简陋、运气不佳，还遭受了雪球的暗算，动物们仍然排除万难，如期完工，和预定的期限一天不差！大家虽然精疲力竭却无比自豪，一圈一圈地绕着他们的杰作怎么也看不够，在他们眼前的风车比第一次建的更加出色完美。围墙也比原来的要厚一倍。这下，除了炸弹，再没有什么可以击垮它了！他们回想起自己是如何辛勤劳动，如何克服种种挫折，想到当风车转动、发电机开始运作后，他们的生活将会发生翻天覆地的变化，一切的苦和累都被抛到了九霄云外，他们围着风车欢呼雀跃，庆祝着这伟大的胜利。拿破仑在狗和公鸡的随同下，亲自前来视察竣工的风车工程；他对动物们取得的成绩表示祝贺，并宣布命名此风车为“拿破仑风车”。

两天以后，动物们被召集到谷仓召开特别会议。当拿破仑宣布他已经把木材卖给了弗雷德里克后，动物们无不惊讶得目瞪口呆。第二天，弗雷德里克的马车就会前来运走木材。在整个过程中，拿破仑同皮尔金顿貌似关系友好，其实早已和弗雷德里克达成了秘密协议。

农场中断了和狐狸林的一切往来；不时有侮辱性质的消息传到皮尔金顿耳朵里。鸽子们被告知要避开品趣田，他们的口号也由“消灭弗雷德里克”变成了“消灭皮尔金顿”。同时，拿破仑向动物们保证，关于动物农场面临袭击的消息完全是子虚乌有，而关于弗雷德里克凶残成性、虐待动物的事情也都只是虚张声势。所有的谣言十有八九是雪球和他的党羽编造的。现在看来，雪球并没有躲在品趣田农场，事实上，他这辈子都没有去过那里。据说，他正在狐狸林过着逍遥奢华的日子，而且已经由皮尔金顿供养了好几年了。

猪儿们对拿破仑超凡的智谋感到欣喜若狂。他们通过对皮尔金顿假意表示友好，迫使弗雷德里克把木材的购价提高了十二英镑。而尖嗓子说，拿破仑真正卓越的智慧在于他对谁都不会百分之百地信任，甚至连弗雷德里克也不例外。弗雷德里克起先想用一种叫支票的东西来支付木材的款项，那支票不过是一张写有付款承诺的纸。拿破仑才不会那么轻易上当。他要求对方用五英镑的票子直接支付，收不到钱就不能运走木材。弗雷德里克已经把钱全部付清了，这些钱刚够买建风车所需的机械部件。

就在此期间，木材被一车一车飞速地运了出去。全部运完以后，动物们又在谷仓里召开了一场特别会议，一起见识一下弗雷德里克付的钞票。拿破仑佩戴着他的两枚勋章，喜笑颜开地卧在讲坛上的草垫上，身边的钱码得整整齐齐的，放在一只从厨房里拿来的瓷碟子上。动物们列队缓缓经过，个个都瞪大眼睛把钱看个仔细。拳师还把鼻子凑近钞票闻了闻，这沓薄薄的白纸片在他呼出的气息里瑟瑟抖动作声。

三天过后，发生了一场可怕的骚乱。温佩尔脸色煞白地蹬着脚踏车往农场飞驰而来，到了院子里，把车一扔，便往农舍里奔去。接着，从拿破仑的房间里传来了声嘶力竭的愤怒咆哮。消息如野火般很快传遍了农场：那些钞票是假币！弗雷德里克一分钱都没花就把木材全弄走了！

拿破仑很快把动物们全部召集起来，恶狠狠地宣布了弗雷德里克的死刑。他说，抓到弗雷德里克要把他扔进沸水里活活烫死。同时，他警告动物们，经过这次受骗的经历后，大家必须做好最坏的打算。弗雷德里克和他的手下可能随时会发动他们蓄谋已久的攻击。农场的各个进出口都布上了岗哨。此外，四只鸽子被派往狐狸林，表达动物农场有意同皮尔金顿重修旧好的和解愿望。

就在第二天早晨，农场就遭到了袭击。动物们正在吃早饭，站岗的哨兵就飞奔而来，报告弗雷德里克和他的手下已经穿过五条横木大门向里面冲进来了。动物们勇敢地进入了迎敌备战的状态，但这次他们可没能像牛棚战役那样轻松克敌了。一共来了十五个人，带着六支枪，在离动物们五十码开外时就开火了。动物们无法抵御火药和子弹的威力，纵使拿破仑和拳师全力鼓舞，他们还是很快就败下阵来。好几个动物已经负伤。大家躲进棚厩，小心翼翼地透过缝隙或木板节孔往外张望。整个牧场，包括风车，都已经落入敌人之手。这时候，甚至连拿破仑都似乎手足无措了。他一言不发地来回踱步，尾巴僵直地抽搐着。他往狐狸林方向投去期盼的目光。如果皮尔金顿能带着他的手下前来援助，那他们或许还有胜算。但此时，四只前一天被派出去捎信的鸽子回来了，其中一只衔着一片从皮尔金顿那里带来的纸条，上面用铅笔写着“活该”。

此时，弗雷德里克和他的手下已经围在了风车四周。动物们眼睁睁看着他们，绝望地低声呼喊。只见其中两个人举起了铁锹和大锤。他们打算砸毁风车。

“办不到的!”拿破仑吼道，“我们的墙砌得很厚。他们就是砸上一个星期也砸不倒它。同志们，勇敢一点!”

但本杰明始终目不转睛地盯着人们的一举一动。举着锤子和铁锹的那两个人正在风车的墙基上打洞。本杰明缓缓地点了点他的长嘴，似乎对这件事饶有兴致。

“我想是这样的，”他说，“你们还不明白他们在做什么吗？再过一会儿，他们就要把炸药包放进那个洞里去了。”

动物们惊恐地等待着。现在根本没有可能再冒险冲出去。几分钟后，只见人们四下散开，然后就是一声震耳欲聋的巨响。鸽子被惊得窜上了天空，除了拿破仑以外，所有的动物都卧倒在地，肚皮紧贴地面，藏起了自己的脸。当他们再次站起来时，只看见一团巨大的黑烟升腾在原先风车矗立的地方。微风把烟雾渐渐吹散。风车已经化为废墟了！

眼前的惨象再次激起了动物们的斗志。之前的害怕和绝望已经被愤怒所取代，他们无法容忍这种卑鄙无耻的行径。动物们高呼着复仇的口号，没等谁发号施令便一齐径直向敌人冲去。这次，虽然他们面临枪林弹雨，但他们谁也没有退缩。这是一场残酷而悲壮的恶战。人类不停地开火，一旦动物们逼近他们，他们就用结实的棍棒狠打，用厚重的靴子猛踹。一头奶牛、三只绵羊、两只鹅阵亡，几乎每个动物都受伤了。就连在后方指挥战斗的拿破仑尾巴尖也被子弹削掉了。但是人类也不是毫发无损。三个人被拳师的铁蹄踢破了头，另一个人被奶牛的角顶破了肚皮，还有一个人的裤子几乎被杰西和蓝铃扯了下来。拿破仑的贴身护卫——九条烈狗——按照他的指令，在树篱的掩护下绕道而行，突然出现在敌人的侧面，一阵狂吠，把一伙人吓得魂飞魄散。他们发现，自己正面临着被包围的危险。弗雷德里克对他的手下大喊，要大家趁着形势还好的时候赶紧突围出去，于是，紧接着就看见这群胆小鬼落荒而逃了。动物们一直追到田野尽头，在他们费劲地穿过带刺的树篱时，还抓住机会狠狠地踢了他们几脚。

动物们胜利了，但胜得伤痕累累、疲惫不堪。大家一瘸一拐慢慢地走回农场。看见战死的同胞无声无息地躺在草地上，好些动物流下了伤心的眼泪。大家在风车的废墟前停下来，静静地为它默哀。是的，风车已经成了往事，曾经的辛苦劳动如今已经荡然无存了！连地基也遭到了很大的破坏。要想重建，连石块都得重新准备了。这次的爆炸把石料全都炸飞了。气浪把石头甩到了几百码以外，这地方看上去就像从来都没有建过风车一样。

当动物们走进农场时，尖嗓子朝大家蹦蹦跳跳地跑过来，喜气洋洋地摇着尾巴，不知道出于什么原因，他没有出现在战斗中。然后，动物们听到，从农场住处的方向传来了礼炮的枪响。

“为什么要鸣枪?”拳师问。

“庆祝我们的胜利啊!”尖嗓子兴奋地叫道。

“什么胜利啊?”拳师又问。他的膝盖正在流血，还丢了一只铁鞋，蹄子也裂开了，一条后腿上至少中了一打子弹。

“同志，什么胜利?难道我们没有赶走敌人，捍卫我们的领土——我们神圣的动物农场的领土?”

“可是他们毁了我们的风车。我们辛苦了两年才建起来的风车啊!”

“这有什么关系?风车毁了我们可以再建一个。要是愿意的话，我们可以建它六个。同志，你还没有意识到我们干了一件多么了不起的事。敌人曾经一度占领了我们现在脚踏的这片土地。而现在，感谢拿破仑同志的领导，我们又把它完完整整地夺回来了!”

“我们夺回的是本来就属于我们的。”拳师说。

“这就是我们的胜利。”尖嗓子说。

动物们一瘸一拐地走进了院子。嵌入后腿的子弹令拳师觉得钻心的疼。但他看到的是摆在他眼前的艰巨任务：从零开始，重建风车；而且他已经做好了充分的思想准备，打算全身心投入到这项工作中去。但他也第一次有了这样的担忧，担心自己已经十一岁，身上的肌肉会不如往日那么强健有力。

当动物们看到飘扬的绿色旗帜，听到枪声再次响起——一共放了七枪，又听了拿破仑充分肯定大家英勇表现的演说后，大家似乎真的有了取得巨大胜利的感觉。动物们为那些在战斗中牺牲的同胞举行了隆重的葬礼。拳师和苜蓿拉着一辆马车充当灵车，拿破仑走在送葬队伍的最前面。庆祝活动连续进行了两天。大家唱歌、发表演说，又燃放了几次礼炮，每个动物都分到了一个苹果作为特别奖赏，每只鸟得到了两盎司①的粮食，每条狗则拿到了三块饼干。这场战役被命名为风车战役，而拿破仑又为此设立了一种勋章——“绿旗勋章”，并把它颁给了自己。在这样欢天喜地的氛围中，倒霉的假钞事件所带来的不快早已烟消云散。

几天之后，几头猪崽儿在农舍的地窖里偶然发现了一箱威士忌。他们当初进驻农舍的时候并没有留意到这箱酒。

---

① 1 盎司 =28. 3495 克。

那天夜里，农舍里传来了响亮的歌声，更令动物们吃惊的是，歌声中竟然夹杂着《英格兰的牲畜》这首歌。九点半左右，大家清楚地看到，拿破仑带着琼斯先生的一顶旧圆顶礼帽，从农舍的后门走出来，绕着院子跑了一圈，又钻进屋子里去了。但是第二天早上，农舍里却悄无声息，一点动静都没有。直到九点钟，尖嗓子才露面，步履缓慢、神情沮丧、目光呆滞、尾巴无精打采地耷拉在身后，看样子病得很厉害。他把动物们召集起来，告诉大家他要宣布一条很糟糕的消息：拿破仑同志生命垂危！

动物们发出痛心的哀叹。农舍的各扇门外都铺上了稻草，动物们经过时都蹑手蹑脚的。大家眼里噙着泪水，互相询问，要是他们的领袖真的离开了他们，该如何是好。谣言四起，说雪球图谋在拿破仑的食物中下毒的诡计终于还是得逞了。十一点，尖嗓子走出来发布第二个消息：拿破仑临终前想要庄重颁布的最后一个法令是，饮酒者将被处死。

然而，到了晚上，拿破仑的病情似乎有了好转，第二天早上，尖嗓子告诉大家，他正在迅速的恢复当中。到那天晚上，拿破仑就重新开始投入工作了，次日，动物们就听说他已经指示温佩尔到威灵顿购买一些关于酿酒和蒸馏法的小册子。一周以后，拿破仑下令将果园一头原来为丧失劳动能力的动物们开辟的小围场翻耕一下。据说这是因为牧场的草已经不够用了，需要重新播种，但不久，动物们就得知，原来拿破仑想用这块地来种大麦。

就在同一个时期，发生了一个奇怪的事情，让大家百思不得其解。一天夜里，大概十二点光景，突然从院子里传来一阵剧烈的撞击声，动物们急忙跑出来想看个究竟。这是一个月光皎洁的夜晚。在大谷仓尽头的墙脚下，也就是写着七条戒律的地方，躺着一把折成两段的梯子。尖嗓子四脚朝天躺在地上，好像昏过去了，他身边有一盏灯笼、一把刷子，还有一桶打翻了的白漆。几条狗立即跑上前来，把尖嗓子围在中间，等他一恢复意志能够站起来走路，便簇拥着他回到农舍里。动物们丈二和尚摸不着头脑，谁都猜不透这是怎么回事，只有老本杰明若有所思地点点他的长嘴，好像明白了什么似的，但是他什么也没说。

几天之后，当穆里尔独自在看七条戒律时，发现又有一条戒律以前记错了。曾记得第五条戒律是“一切动物都不得喝酒”，但似乎他们又漏掉了两个字。这条戒律事实上应该是：“一切动物都不得过量喝酒。”

# 第九章　拳师之死

拳师的蹄子被劈裂，很长时间都没有痊愈。他们在庆功会后第二天就开始了风车的重建，拳师一天都不愿意多休息，并且发誓不让其他动物发现他在忍痛工作。只有到了晚上，他才会私下和苜蓿承认，他的蹄子实在疼得厉害。苜蓿把嚼烂的草药糊在他的伤口处，和本杰明一起劝他工作别再那么拼命了。“马的肺是经不起这样一直干下去的。”苜蓿对他说。但是拳师根本听不进去。他说，他现在只剩下一个真正的抱负，那就是在自己退休之前，亲眼看到风车转起来。

刚开始，在动物农场首次颁布的法律中，马和猪的退休年龄都被定为十二岁，奶牛是十四岁，狗是九岁，绵羊是七岁，母鸡和鹅是五岁。同时也规定了各自丰厚的养老抚恤。但因为实际上并没有动物退休后依靠养老抚恤过活，最近，退休的问题成了一个热门话题。既然果园边上的那块地已经被用来种大麦了，动物间便又传说大牧场的一角将被围起来作为年迈体衰者专用的牧场。据说，一匹马退休后将得到每天五磅的粮食，冬天还可以得到十五磅的干草，逢年过节还能额外分到一个胡萝卜或者一只苹果。第二年的夏天就将迎来拳师十二岁的生日。

这段时间，动物们的生活非常艰苦。这一年的冬天和去年的一样寒冷，粮食却比去年还要少。除了猪和狗的口粮维持不变之外，动物们的口粮全都减少了。尖嗓子对此的解释是，在口粮上过于严格的平等其实是违背动物主义的原则的。不管怎样，他总可以毫不费力地向其他动物证明，不论表象如何，他们其实并不缺粮食。当然了，目前还是有必要调整一下口粮的安排（尖嗓子称其为“调整”，从来不用“减少”这个词），但和琼斯在的时候比起来，大家的生活还是有了很大的改善的。他用又尖又快的语调念了很多数字，逐一向大家证明了他们比琼斯时代有了更多的燕麦、干草和甘蓝，证明了他们现在的工作时间变短了，喝的水质量更好了，而且他们的寿命也变长了，幼崽的成活率也比以往有了很大的提高，另外，大家的棚厩里有了更多的稻草，跳蚤却比以前少了很多。动物们对他的每一句话都深信不疑。说实话，琼斯和他所代表的一切在动物们的记忆里已经模糊不清了。他们只知道现在的生活艰苦恶劣，一贫如洗，他们饥寒交迫，除了睡觉成天都在劳作。不过，原先的日子更加糟糕，这一点是毋庸置疑的。对于这一点，他们很乐意相信。再说，过去他们备受奴役，而现在至少他们是自由身，这就是最根本的区别，尖嗓子也没有忘记指出这一点。

农场里又添了好多张嗷嗷待哺的嘴巴。秋天，四头母猪差不多同时下崽儿，一共生了三十一头小猪。这些小猪都是杂色的，既然拿破仑是农场里的唯一一头公猪，也就不难猜测他们是谁的后代了。过了些日子，农场购买了砖块和木材，传令下来说要在农舍的花园里修建一所小学堂。到目前为止，拿破仑一直是在农舍的厨房里亲自负责小猪崽儿们的教育。小猪们只是在花园里嬉戏运动，并不许他们和其他动物一起玩耍。也就在这个时候，农场里又添了一条规定：当猪和其他动物在路上迎面碰到时，其他动物必须靠边为猪让路；同时，所有的猪，无论等级，周日都可以享有在尾巴上佩戴绿丝带的特权。

这一年农场的收成颇丰，但资金仍然短缺。建学堂需要购买砖块、沙石和石灰，同时为了重修风车，大家还必须积蓄购买机械部件的钱。加上还要购买屋内的灯油和蜡烛、专供拿破仑独享的糖块（他以防止发胖为由，禁止其他猪吃糖），以及其他日常用度，如工具、钉子、绳线、煤、电线、铁片、狗饼干，等等。多余的干草和部分马铃薯已经卖掉了，出售鸡蛋的量也增加到每周六百枚，以至于那年母鸡孵出小鸡后也只能维持鸡的总数大致不变。口粮的配给在十二月的时候已经减少了一次，二月份又一次减少，为了省油，棚厩里不得再点灯。但猪似乎依然生活得舒适惬意，事实上，还一个个都养胖了。二月下旬的一个下午，从小小的酿造房里飘出了阵阵馥郁醇厚、令人馋涎欲滴的香味，一直蔓延到院子里，动物们从来没闻到过这种气味，这座酿造房坐落在厨房后面，在琼斯时代就一直闲置着。有动物说，这是烧煮大麦的香味。动物们贪婪饥渴地呼吸着空气中的香味，一边美美地猜想晚餐是不是就能享用到这带着浓浓香味的大麦粥了。可是晚餐并没有热乎乎的粥出现。周日，动物们被告知，今后所有的大麦都将供猪享用。果园那边的田里早就种上了大麦。很快又有消息传出来，说现在每头猪每天都能喝上一品脱①啤酒，而拿破仑则可以喝半加仑，每次都是用那只有英国王冠标志的德比瓷器汤碗盛给他喝。

如果说动物们还在经受着各种艰难困苦，那么如今更有尊严的生活多少还是可以弥补他们所受的苦难。农场里有了更多的歌声、更多的演说、更多的游行集会。拿破仑已经下令，每周都要举行一次所谓的“自发性集会”，旨在庆祝动物农场所经历的斗争和胜利。动物们在指定的时间里放下手中的工作，排列着整齐的队伍绕着农场各处游行，猪排在最前面，随后是马、牛、羊和其他家禽。狗走在游行队伍的侧面，而走在整支队伍前面的则是拿破仑的那只黑色小公鸡。拳师和苜蓿负责举那面画着兽蹄和兽角的绿旗，旗帜上又添上了一行字：“拿破仑万岁！”游行完毕以后，动物们开始背诵赞美拿破仑的诗句，尖嗓子发表演说，汇报近期粮食产量的增长，有时候还会鸣一下枪。绵羊是自发性集会的最忠实的拥护者，一旦有动物抱怨（猪和狗不在的时候，一部分动物有时候会这样）这是浪费时间，还害得大家要站在外面吹冷风，绵羊一定会齐齐地吟唱起

---

① 1品脱=568.26125毫升。

“四条腿的好，两条腿的坏”，来制止这些动物继续发牢骚。不过总的来说，动物们还是喜欢这些庆祝仪式的。这些活动能时常提醒动物们，他们已经翻身成了主人，现在所付出的劳动都是为了自己的利益，这终归还是很值得欣慰的。因此，歌曲、游行、尖嗓子列的数据、鸣枪声、公鸡的啼鸣、挥舞的旗帜，所有这些都能让他们忘却腹中的饥饿，至少是暂时忘却。

四月，动物农场宣布成立共和国，因此有必要推选一位总统。候选人只有一个，那就是拿破仑，他全票当选。就在拿破仑上任的同一天，有消息传来，说找到了雪球谋同琼斯的更详细的新材料。材料揭露，雪球并不像动物们先前想象的那样，只是阴谋挫败牛棚战役，而是公然站在琼斯一边作战。事实上，他才是人类的真正统帅，他甚至在战斗中喊着“人类万岁！”的口号冲锋陷阵。雪球背上的伤——少数动物可能还记得曾经看到过——其实是被拿破仑用牙齿咬伤的。

盛夏时节，几年不见踪迹的乌鸦摩西突然出现在农场。他几乎没什么变化，依然游手好闲，还是用和以前一样的口吻谈论糖果山。他会栖在一根木桩上，拍打着翅膀，只要有听众，他能讲上个把小时。“同志们，就在那上面。”他用大嘴指着天空中某个方位，一副煞有介事的样子——“就在那边，就在你看得到的那片乌云的另一边——那里就是糖果山了，一个快乐的国度，我们这些可怜的动物在那里什么活都不用再干了！”他甚至宣称自己有一次飞得很高，竟然飞到了那里，看到了广阔无垠的苜蓿草，看到了长在树篱上的亚麻子蛋糕和块糖。对他的话，很多动物都信以为真。他们寻思着，现在的生活忍饥挨饿，累死累活，在另一个地方存在着一个更好的世界，这难道不是很合情合理的事情吗？猪对摩西的态度却很难判断。他们对糖果山的故事一致表示不屑，说那是摩西的谎话，但是他们却允许他继续待在农场，什么活都不用干，却可以每天分到一吉尔[①]的啤酒。

拳师的蹄子痊愈以后，他干起活来更加卖力了。实际上，那年，所有的动物都过着奴隶一般的苦日子。除了农场的日常工作和风车的重建工程，从三月份开始，他们还要为小猪修建学堂。有时候，半饿着肚子长时间地工作实在是难以忍受，但拳师从来都没有动摇过。从他的言行里找不到任何迹象表明他精力已经不如往日，只是他的体态出现了一些变化；他的皮毛已失去了昔日的光泽，健硕的后腰也似乎松垮萎缩了一些。其他动物说："当春天到来草儿复苏的时候，拳师就会恢复如初的。"但春天来了，拳师却并没有壮实起来。有时，在通往采石场最高处的斜坡上，他绷紧肌肉，拖动巨大的石块，似乎是全凭着意志力才可以支撑着不倒下去。每当这时，动物们都看见他抖动着双唇，颤抖着默念"我要更加努力"；他已经无法发出声音来了。苜蓿和本杰明再次奉劝他要小心身体，但拳师就是听

---

① 吉耳，液量单位，等于四分之一品脱。

不进去。他的十二岁生日就快到了。只要能在他退休前储备到足够的石料，其他事情他才不在意呢。

夏日里的一个晚上，农场里突然传出拳师出事的消息。那时候，他又独自出去拉石料到风车工地了。显然，这消息是真的。几分钟之后，两只鸽子匆匆飞回来报告："拳师倒下了！他侧翻在地上起不来了！"

农场里大概有一半的动物都冲到了风车工地的小山包上。拳师躺在那里，身子倒在车轴之间，他伸长着脖子，却连头都抬不起来了。他目光呆滞，已被汗水浸透的身体上毛发杂乱地粘在一起。他的嘴里流出细细的一股鲜血。苜蓿跪倒在他的身边。

"拳师！"她呼唤着，"你还好吗？"

"是我的肺出了点小毛病。"拳师声音微弱，"没事的。我想你们没有我也一定能把风车建起来。已经有足够的石料了。不管怎么样，我也只能再干一个月了。说实话，我可一直盼着退休那天呢。本杰明的年纪也差不多了吧，或许他们会让他和我一起退休，给我做个伴儿呢。"

"我们得马上找些帮手，"苜蓿说。"快，谁跑去和尖嗓子报个信，告诉他这里出事了。"

动物们纷纷跑回农舍，向尖嗓子报告消息。只有苜蓿留了下来，另外还有本杰明，他趴在拳师身边，默默地用他的长尾巴为拳师赶走苍蝇。大约过了一刻钟的样子，尖嗓子来了，满脸的同情和关怀。他说，拿破仑同志已经听说了关于这位农场里最忠诚的成员的不幸遭遇，并且感到无比痛心，他已经在着手安排，会把拳师送到威灵顿的医院去进行治疗。动物们对此略感不安。除了莫莉和雪球之外，还没有动物离开过农场呢，他们也不想看到自己生病的同胞落到人类的手里。不过，尖嗓子没费什么大力气就说服了他们，照他的说法，威灵顿的兽医可以让拳师得到很好的治疗，那比留在农场要有效得多。大约半小时后，拳师稍稍恢复了一些气力，他艰难地站起来，步履蹒跚地走回马厩，苜蓿和本杰明早已为他铺好了软软的稻草床。

接下来的两天里，拳师待在马厩里休养。猪送来了一大瓶粉红色的药，那是他们从农舍浴室的药柜里找到的，苜蓿负责每天两餐后让拳师服用这种药。晚上，苜蓿躺在拳师的马厩里陪他聊天，本杰明则替他赶走苍蝇。拳师说，他对发生的事情一点都不感到难过。如果恢复得好，他还想再活三年呢，他盼望着能在大牧场的一角安享晚年。他这辈子终于可以空下来学习知识，提高自己了。他说，他会用余生学会剩下的二十二个英文字母。

然而，本杰明和苜蓿也只能在干完活以后才有时间陪伴拳师。一天，一辆货运马车驶来要带走拳师。那时候，动物们都在猪的监督下，在甘蓝田里除草，当他们看到本杰明从住处飞奔而来，扯大嗓门叫喊时，全都呆住了。他们从来都没有看到过本杰明如此激动——确实，这也是大家第一次看到他跑成这样。“快，快！”他叫着，“快过来啊！他们要把拳师带走了！”不等猪同意，动物们全都扔下手头的活，跑回农场住处。一点不假，院子里停着一辆密闭的大型马车，由两匹马拉着，车身上印着一些字，一个面相狡猾、戴一顶平顶圆礼帽的男子坐在赶车的位置上。而拳师已经不在马厩里了。

动物们围在了马车四周。“再见，拳师！”他们齐声道别，“再见！”

“傻瓜！傻瓜！”本杰明叫嚷着，在动物们边上跳来窜去，着急地跺着马蹄子，“傻瓜！你们没看到马车上写的是什么吗?”

动物们听了，安静下来。穆里尔开始辨认起车上的字来。但本杰明把她推到一边，在死一般的沉寂中，他念道：

“‘艾尔弗雷德·西蒙斯，威灵顿屠马人兼熬胶工。经营兽皮、骨粉。出售狗窝。’难道你们还不明白这是什么意思吗？他们要把拳师拉去屠宰场了！”

动物中爆发出一阵惊恐的叫喊声。这时候，车厢上的男子挥鞭策马，马车一路小跑离开了农场的院子。动物们跟在后面，大声呼喊。苜蓿冲在最前面。马车开始加速了。苜蓿迈着矮胖的四肢，奋力追赶，终于小跑起来。“拳师！”她叫着，“拳师！拳师！拳师！”就在这时，拳师好像是听到了外面的喧哗声，从马车后面的小窗户里探出了他鼻尖带有一道白道的面孔。

“拳师！”苜蓿绝望无助地喊着，“拳师！你出来啊！快点出来啊！他们是要拉你去送死啊！”

所有的动物也一齐叫着：“出来啊，拳师，出来！”但是马车已经全速上路了，离动物们越来越远。谁也不知道拳师是否听懂了苜蓿对他说的话。但过了一会儿，他的脸从窗户里消失了，从车厢里传来了激烈的马蹄踢打撞击的声音。拳师正在奋力挣脱。要是以前，用不了几下，拳师的马蹄一定让车厢粉身碎骨了。可是今非昔比啊！他再也没有那样的力气了；不多久，车厢里的踢打声就越来越弱，最后一点声音也听不到了。绝望的动物们开始恳求拉车的两匹马，请他们停下脚步。“同志们，同志们！”大家叫道，“别让自己的同胞兄弟去送死啊！”但是这两头愚蠢的畜生，根本不明白发生了什么，只是充耳不闻，一个劲儿加快步伐往前赶。拳师的脸再也没有在窗口出现。有动物想到他们可以跑到前面关上五道栅木门，但是已经太晚了；马车很快就穿过木门，迅速消失在大路上。此后，大家再也没有见到过拳师。

三天之后，动物们被告知，拳师虽然得到了精心的治疗，最终还是病逝在了威灵顿的医院里。尖嗓子把这个消息带给了大家。他说，拳师临终的时候，他一直陪在拳师身边。

“这是我见过的最感人的场面了！”尖嗓子抬起一只蹄子，抹着眼泪说。“我在他床边看着他离开。最后的时刻，他虚弱得几乎无法说话，只能在我耳边轻轻告诉我，他唯一的遗憾就是活着的时候没能看到风车的竣工。‘冲啊，同志们！’他喃喃地说着，‘以反抗的名义向前冲啊。动物农场万岁！拿破仑同志万岁！拿破仑永远是对的。’同志们，这就是他的临终遗言。”

说到这里，尖嗓子突然脸色骤变。他沉默了一会儿，小眼睛狐疑地飞快扫视一阵，这才继续往下讲。

他说，据他所知，在拳师被转移的时候，曾经有一个极其愚蠢和恶毒的谣言。一些动物发现带走拳师的马车上标着“屠马人”的字样，于是便武断地下结论说拳师是被送去屠宰场了。这真是难以置信，尖嗓子说，动物们怎么能这么愚昧无知呢。他扫动着尾巴左蹦右跳，愤怒地嚷道，大家不会这么不了解他们敬爱的领袖拿破仑同志吧？这件事解释起来很简单。那辆马车以前是屠宰场的，后来被兽医买下了，而他还没有来得及把原来的标签涂掉，这才引起了这场误会。

动物们听了尖嗓子的解释，终于如释重负。尖嗓子继续向大家描述拳师临终前的细节、他受到的悉心照料，以及拿破仑如何毫不吝啬地为他支付昂贵的医药费，动物们心中最后的疑虑也烟消云散，对同胞去世的悲痛之情也慢慢平息下来，至少拳师还是很幸福地离开这个世界的。

拿破仑也出席了周日上午的会议，并发表了一个悼念拳师的简短致辞。他说，他虽然无法把同胞的遗体运回农场安葬，但他已经下令要用农舍花园里的月桂为拳师编一只大花圈，把它放在拳师的坟墓上。过几天，猪还将为悼念拳师举办一次宴会。拿破仑用拳师生前最喜爱的两句格言——“我会更加努力”和“拿破仑同志永远是对的”——结束了他的发言。他说，最好每个动物都能把这两句话作为自己的格言。

在举办宴会的那天，一辆杂货店的马车从威灵顿为农场带来了一只大大的木板箱。那天晚上，农舍里歌舞升平，后来又传出类似激烈争吵的声音，直到十一点，在一阵玻璃被砸碎的巨响中，一切才又归于平静。第二天中午以前，农舍里一点动静都没有，有消息说，猪不知道从什么地方赚来一笔钱，又给他们自己买了一箱威士忌。

# 第十章　人兽之谊

岁月流逝，时光如梭。四季更替，动物们短暂的生命一晃就过去了。终于到了这么一天，除了苜蓿、本杰明、乌鸦摩西和一些猪以外，再没有动物记得反抗前的日子了。

穆里尔已经过世；蓝铃、杰西和平切尔也不在了。琼斯也离开了人世——他在乡村另一个区域的一家醉汉收容所里辞世。雪球已被大家淡忘，只有少数认识他的动物还依稀记得他。苜蓿已经老态龙钟，她肥胖臃肿，关节僵直，眼睛里常常分泌出黏液。她过了退休年龄已经两年了，但事实上，还没有动物真正退休过。在牧场一角为年迈体衰的动物留出一块做休憩地的说法早就被搁置了。拿破仑已经步入中年，长成了一头近两百磅的公猪了。尖嗓子胖得眼睛只剩下了一条缝。只有老本杰明变化不大，只是嘴巴上的毛有些发灰泛白，自从拳师去世之后，他变得更加孤僻和沉默寡言。

农场里动物的数量增加了不少，只是增长得没有往年预期的那么快。很多动物虽然在农场出生，但曾经辉煌的反抗运动对他们来说已成了好几代之前遥远的历史，对它的了解也仅仅限于长辈嘴里只言片语的回忆；更不要说那些从外面买来的动物了，他们在来到农场之前压根就没听说过反抗运动这回事。农场除了苜蓿以外又添了三匹马。他们都很健壮，都是踏实肯干的好同志，但他们没什么头脑，没有一匹马能够认得出 B 以后的字母。关于反抗的事、关于动物主义的原则，别的动物怎么说，他们就怎么听，特别是对苜蓿的话，他们更是深信不疑，无比敬重；不过至于他们究竟能听明白多少，那就很值得怀疑了。

现在的农场比往日繁荣多了，一切事务也显得井井有条；从皮尔金顿那里购置了两块田地后，农场的规模也变大了。风车最终完满竣工，农场又添置了一台脱粒机和一台干草码垛机，此外还新建了很多不同用途的房屋。温佩尔买了一辆轻便双轮马车。不过风车最后还是没有用来发电，而是被用来发动碾谷机，为农场带来了一笔可观的收入。动物们勤奋劳作，打算再建一个风车；据说，这第二架风车完工以后，就要安装发电机了。然而，雪球曾经为动物们描绘的奢华生活的蓝图——棚厩里点起电灯，供应冷热水，一周工作三天等等——则再也没有人提起了。拿破仑公开抨击这些想法违背了动物主义的精神。他说，真正的幸福在于辛勤地工作和俭朴地生活。

不知何故，似乎农场变得越来越富庶，而动物们的生活却丝毫没有改善，当然，除了猪和狗的生活。也许部分原因在于猪和狗的数量庞大。看起来，这些动物并不是什么都不干。正像尖嗓子一直以来不厌其烦地解释的，农场的监督和组织工作需要投入巨大的劳力。这类工作大都是一般动物贫乏的见识所无法理解的。尖嗓子给动物们举了一个例子，猪每天要花大量的精力处理很多叫作“文件”“报告”“摘要”和“备忘录”的神秘事务。那都是些密密麻麻写满了文字的纸张，他们一处理完，这些纸张就被扔进火炉烧掉了。尖嗓子说，这是关系到农场福利的最重要的事情。话虽这样说，猪和狗毕竟没有亲身参与粮食的种植；而他们的数量又是如此之多，胃口又总是那么好。

而对其他动物来说，他们心中有数，自己的生活仍然是老样子。他们依然忍饥挨饿，睡在稻草堆里，喝着池塘里的水，在田间劳作；冬天，他们要忍受天寒地冻，夏天，他们要抵挡蚊虫叮咬。有时候，一些年长的动物会忍不住追溯他们模糊的记忆，试图回顾在反抗之初，琼斯刚刚被逐那会儿，生活到底是比现在好还是比现在糟。可他们什么都记不起来了。对于目前的生活状况，他们找不出任何可比之物：除了尖嗓子提供的数据外，动物们没有任何判断依据，而这些数据毫无例外地表明一切都在越变越好。对此，动物们找不到任何解决办法，况且，他们现在也没有时间去思考这些事情。只有老本杰明称自己还记得他漫漫一生中的每一个细节，生活从来没有，也不会变得更好或者更糟，他认为，经历饥饿、艰辛、失望，这些都是生活中颠扑不破的法则。

但是，动物们从来都没有放弃过希望。而且，他们也没有忘记——一刻都没有忘记——动物农场的一员的身份带给他们的无比荣耀。他们的农场仍然是整个郡，甚至是整个英格兰地区，唯一的一个由动物自主经营的农场。所有的动物，哪怕是年龄最小的成员，或是从十几二十英里以外买来的新成员，都把这看作是奇迹。每当他们听到礼炮轰鸣，看到绿色的旗帜高高飘扬，他们的心中永远充满着骄傲和自豪，谈话的内容也会自然地转到英勇光辉的过往岁月，动物们回忆着琼斯是如何被逐的，七条戒律是怎么被写到墙上的，还有那些打退人类入侵者的战役。昔日的梦想一个都不曾被放弃。少校曾经预言动物共和国的成立，那时，英格兰的绿色田野上将不再任由人类践踏，动物们依然坚信这一天会到来。就在将来的某一天，他们的理想终将实现：这一天可能不会来得那么快，在自己的有生之年或许也等不到这一天，但这个日子一定会到来的。动物们甚至还会时不时地偷偷哼唱《英格兰的牲畜》：虽然谁也不敢大声唱出来，事实上，农场里的每一个动物都熟悉这首歌的曲调。可能大家的日子过得很辛苦，愿望也没有完全实现；但大家都很清楚，他们不同于其他地方的动物。如果他们挨饿了，并不是因为专横跋扈的人类夺走了他们的粮食；如果他们得辛勤劳动，至少他们是在为自己干活。他们当中没有用两条腿走路的。他们也不需要称呼任何人为“主人”。所有的动物都是平等的。

初夏的一天，尖嗓子招呼农场里的绵羊都跟他走，带着他们来到农场尽头的一片长满白桦树苗的废弃地里。在尖嗓子的监督下，绵羊整整一天都在啃树苗上的叶子。因为天气已经转暖，晚上，尖嗓子就让羊群留在那里过夜，而他则独自回到农舍里。就这样过了整整一个星期，在此期间，其他动物都没有见过他们。尖嗓子每天的大部分时间都和绵羊在一起。他对动物们说，他在教他们唱一首新歌，需要不受任何干扰。

绵羊回来后的一个怡人的傍晚，动物们收工后，走在回住处的路上，忽然听到院子里传来了恐怖的马嘶声。大家不由得一惊，吓得停住了脚步。这是苜蓿的声音。她又叫了一下，动物们急忙跑回院子里。于是，他们看到了苜蓿眼前的景象。

一头猪正直立起来用他的后腿在走路。

没错，这是尖嗓子。似乎他还是很不习惯用这样的姿势来支撑自己庞大的身躯，他显得有点笨拙，不过他平衡得很好，正慢悠悠地穿过院子。过了一会儿，从农舍里走出来一长列猪，全都和尖嗓子一样是用后腿走路的。有些猪走得稳一些，只有一两只猪还走得不太稳，看上去似乎有根拐杖会好一些，但每只猪最终都成功地绕着院子走了一圈。最后，几条狗狂吠一阵，小公鸡也一起尖声打着鸣，然后拿破仑走了出来，他腰板笔直，傲慢地环视四周，身边的几条狗围着他窜来窜去。

拿破仑的一只前蹄握着一根鞭子。

死一般的寂静。惊讶、害怕，动物们挤成一团，呆呆地看着猪儿们列队慢慢地在院子兜圈子。这个世界似乎颠倒了。当动物们从最初的震惊中回过神来以后，他们觉得必须得发出一些抗议的声音了，他们什么都顾不得了，顾不得狗的威慑，顾不得多年养成的习惯，不管发生什么都从不抱怨、从不批评的习惯。但就在这个时候，像是有谁向他们发出了信号一般，所有的绵羊齐声吟唱起——

“四条腿的好，两条腿的更好！四条腿的好，两条腿的更好！四条腿的好，两条腿的更好！”

一刻不停地唱了有五分钟之久。当绵羊们安静下来以后，动物们已经错过了抗议的最佳时机，猪儿们已经走回到农舍里去了。

本杰明感到有谁用鼻子碰了碰他的肩膀。他回头去看。原来是苜蓿。她老眼昏花，视线模糊，似乎情况越来越糟了。她什么都没说，轻轻地拉着本杰明的马鬃，把他带到大谷仓尽头那块写着七条戒律的墙边。他们俩盯着这块用白漆刷着字的破墙，默默站了一两分钟。

“我的视力越来越差了，”苜蓿终于发话，“在我年轻的时候，我就不认得墙上写了些什么。但我似乎觉得这墙看上去和以前不一样了。本杰明，这七条戒律还是过去那七条吗？”

这一次，本杰明破了戒，主动念起了墙上的字。墙上除了一条简单的戒律以外，什么都没有了。这条戒律是这样写的：

所有的动物都是平等的，

但有些动物比其他动物更加平等。

这样一来，第二天，当看到监督农场工作的猪全都拿着鞭子时，也就不足为奇了。再后来，当动物们得知猪陆续为自己添置了一部无线电装置，打算安装一部电话，又订了《约翰牛》《趣闻荟萃》和《每日镜报》，也并不觉得有什么值得大惊小怪的。当动物们看到拿破仑在农舍花园里叼着烟斗散步，甚至看到猪穿上了放在琼斯先生衣柜里的衣服，看到拿破仑穿着黑色外套和打猎用的马裤、绑着皮绑腿走在农场里，看到他宠爱的母猪穿着琼斯太太曾经在周日才穿的波纹绸外衣，一切都见怪不怪了。

一周以后的一个下午，几辆轻便马车驶进了农场。临近农场的农场主组成了一个代表团应邀前来视察动物农场。他们参观了农场的每一个地方，对所见的一切无不赞赏有加，特别是对风车，更是充满了溢美之词。动物们正在甘蓝地里除草。他们勤恳地工作，几乎连头都不抬一抬，不知道是对猪还是对这些人类来访者心存畏惧。

那天夜里，农舍里谈笑风生，不时传出阵阵歌声。突然，这笑声和歌声激起了动物们的强烈的好奇心。既然动物和人类第一次以平等的姿态进行了会面，那现在农舍里究竟发生了什么呢？大家一致同意偷偷潜入农舍花园去看个究竟。

走到门口，大家停住了脚，心里还是有些忐忑，还是苜蓿带头走了进去。大家踮着脚尖靠近农舍，个子高的动物透过客厅的窗户往里看去。客厅里，六七个农场主和六七只地位比较高的猪围坐在长桌子边，拿破仑坐在上座。猪坐在椅子上很是悠然自得。他们刚刚应该是在玩牌，不过为了相互敬酒，暂时把牌放在了一边。一只很大的酒壶在席间传递着，杯子里的啤酒又被斟得满满的。谁都没有注意到窗外满脸惊异的动物们。

狐狸林的皮尔金顿先生举着酒杯站起来。他说，他要敬在座的各位一杯。不过在此之前，他觉得有必要先讲几句。

他说，长期以来的猜疑和误解终于结束了，这令他如释重负，他相信，所有在场的其他动物也一定和他有一样的感受。曾经有一段时间，人类邻居们用质疑的眼光看待动物农场的经营者，虽然他不想用“敌视”这个词，也不是说他或者在场的动物们有过这样的情绪，但确实有这样的一段时间。因此，发生了很多不幸的事件，流行过很多错误的观点。曾经有人说，由猪经营和掌管一个农场有点不合常理，会成为对周边的一种不安定因素。有太多的农场主在没有经过调查的情况下就曾经断言，在这样的一个农场里，一定是无法无天，毫无纪律可言的。他们害怕这种风气会影响到自己的动物，甚至是自己的手下。但是，现在，所有的疑虑都云消雾散了。今天，他和他的朋友们参观了动物农场，亲眼看到了农场的每一寸土地，感受如何呢？对各地的农场主来说，值得借鉴的不仅有最为先进的生产手段，还有严明的纪律和井然的秩序。大家看到，在动物农场，下等动物要从事更多的劳作，却比其他农场的动物消耗更少的食物。说真的，他和今天的到访者看到了农场的很多特色，大家都说回去以后要马上应用到自己的农场里去呢。

他说，在他结束发言之前，他要再次强调一下动物农场和它的邻居们之间存在的，而且应该存在下去的友好情感。在猪和人类之间从来都没有，而且也不应该有任何利益冲突。大家有共同的奋斗目标和困难。难道劳动力问题不是一个普遍存在的问题吗？说到这里，皮尔金顿先生似乎是想接着说些精心准备好的俏皮话，但话还未出口，他自己便先乐得讲不下去了。他一个人笑得喘不过气来，下巴上一层层的赘肉红一阵紫一阵的，过了好半天他才把话讲出来："你们是要和下等动物做斗争，而我们则是要和下等阶级做斗争！"这妙言妙语引得席间一阵哗笑；皮尔金顿先生再次对猪表示祝贺，祝贺他们实现了低食物配给、高劳动付出，祝贺他们基本实现了动物农场绝不姑息纵容的管理制度。

最后，他邀请大家全都站起来，看看杯里的酒是不是都是满的。"先生们，"皮尔金顿总结道，"先生们，让我们为了动物农场的繁荣昌盛干杯！"

一片热情洋溢的欢呼和跺脚声。拿破仑心满意足地离开自己的席位，走到皮尔金顿先生面前和他碰杯，然后一饮而尽。当欢呼声慢慢平息下来后，拿破仑依然站在那里，说他也有几句话要说。

正如他一贯的风格，拿破仑的发言言简意赅。他说，彼此存在误解的时代终于结束了，他对此也表示无比的高兴。长久以来，一直盛行着一种谣言——他有理由相信，是一些心存恶意的敌人散布的——称他和他的同伴们心中有一些颠覆性的，甚至是革命性的想法，说他们蓄谋煽动邻近农场动物的反抗运动。这简直是无稽之谈！不管是在过去还是在现在，他们唯一的愿望都是平静地生活，并与周边农场建立正常的商贸关系。他又补充道，这个有幸由他掌管的农场是一个合作式的实体，他手上的地契是猪共有的。

他说，他相信所有猜忌现在都已经不复存在了，但最近，农场还是在日常事务的处理上进行了一些改变，以进一步增强邻里间的相互信任。至今，农场里的动物们仍然保留着相互称呼“同志”的愚蠢习俗。今后，这样的称呼将被禁止。农场里还有一个非常奇怪的惯例，它的起源已经不得而知，每个周日早晨，动物们都要列队经过钉在花园柱子前的一只公猪的头骨。这项仪式也要取消，这头骨已经被埋葬了。客人们一定也看到了那面高高飘扬的绿色旗帜。那么，可能也留意到上面曾经画着的白色兽蹄和兽角已经没有了。从现在起，这面旗帜就将是一面没有任何图案的绿色旗帜。

拿破仑说，他对皮尔金顿精彩而友善的讲话只有一点不敢苟同。皮尔金顿先生从头到尾都用了“动物农场”这个称法。皮尔金顿当然不可能知道——因为他，拿破仑，现在是首次宣布——“动物农场”这个名字已经被废除了。从现在起，农场将恢复使用“庄园农场”的名字——他相信，重新启用农场原先的名字是一项正确的决策。

“先生们，”拿破仑总结道，“我要再请大家干一杯，只不过叫法和刚才不同了。请大家把杯中的酒斟满。先生们，让我们‘祝庄园农场繁荣昌盛!’”

席间爆发出同样热烈的欢呼声，宾客全都把酒一饮而尽。但窗外的动物们注视着屋内的一切，就像在看一件咄咄怪事。猪的长相好像起了什么变化？苜蓿昏花的老眼扫过一张张猪的嘴脸。有些猪有五个下巴，有的是四个，还有的是三个。但似乎有什么东西正在融化，正在变形？掌声停了下来，主客双方又拿起了他们的牌，继续这场被中断的游戏，动物们则悄悄地离开了。

但还没有走出二十码远，动物们又停了下来。农舍里出其不意地传出一阵喧哗。他们跑回去，再次往窗里看去。是的，屋里正在进行一场激烈的争吵。叫嚷声、拍桌子的声音、恶狠狠的怀疑的目光、愤怒的矢口否认。争吵看起来是源于拿破仑和皮尔金顿先生同时出了一张黑桃 A。

十二个愤怒的声音，已经分不出彼此。现在，猪的脸上起了什么变化已经很清楚了。窗外的动物看看猪，再看看人，反过来看看人，再看看猪，左看右看，上看下看，但是他们已经分不出两者有什么区别了。

乔治·奥维尔，伦敦，1946

# 附:《动物农场》英文版

## Chapter 1

Mr. Jones, of the Manor Farm, had locked the hen-houses for the night, but was too drunk to remember to shut the pop-holes. With the ring of light from his lantern dancing from side to side, he lurched across the yard, kicked off his boots at the back door, drew himself a last glass of beer from the barrel in the scullery, and made his way up to bed, where Mrs. Jones was already snoring.

As soon as the light in the bedroom went out there was a stirring and a fluttering all through the farm buildings. Word had gone round during the day that old Major, the prize Middle White boar, had had a strange dream on the previous night and wished to communicate it to the other animals. It had been a-greed that they should all meet in the big barn as soon as Mr. Jones was safely out of the way. Old Major (so he was always called, though the name under which he had been exhibited was Willingdon Beauty) was so highly regarded on the farm that everyone was quite ready to lose an hour's sleep in order to hear what he had to say.

At one end of the big barn, on a sort of raised platform, Major was already ensconced on his bed of straw, under a lantern which hung from a beam. He was twelve years old and had lately grown rather stout, but he was still a majestic-looking pig, with a wise and benevolent appearance in spite of the fact that his tushes had never been cut. Before long the other animals began to arrive and make themselves comfortable after their different fashions. First came the three dogs, Bluebell, Jessie, and Pincher, and then the pigs, who settled down in the straw immediately in front of the platform. The hens perched themselves on the window-sills, the pigeons fluttered up to the rafters, the sheep and cows lay down behind the pigs and began to chew the cud. The two cart-horses, Boxer and Clover, came in together, walking very slowly and setting down their vast hairy hoofs with great care lest there should be some small animal concealed in the straw. Clover was a stout motherly mare approaching middle life, who had never quite got her figure back after her fourth foal. Boxer was an enormous beast, nearly eighteen hands high, and as strong as any two ordinary horses put together. A white stripe down his nose gave him a somewhat stupid appearance, and in fact he was not of first-rate intelligence, but he was universally respected for his steadiness of character and tremendous powers of work. After the horses came Muriel, the white goat, and Benjamin, the donkey. Benjamin was the oldest animal on the farm, and the worst tempered. He seldom talked, and when he did, it was usually to make some cynical remark—for instance, he would say that God had given him a tail to keep the flies off, but that he would sooner have had no tail and no flies. Alone among the animals on the farm he never laughed. If asked why, he would say that he saw nothing to laugh at. Nevertheless, without openly admitting it, he was devoted to Boxer; the two of them usually spent their Sundays together in the small paddock beyond the orchard, grazing side by side and never speaking.

The two horses had just lain down when a brood of ducklings, which had lost their mother, filed into the barn, cheeping feebly and wandering from side to side to find some place where they would not be trodden on. Clover made a sort of wall round them with her great foreleg, and the ducklings nestled down inside it and promptly fell asleep. At the last moment Mollie, the foolish, pretty white mare who drew Mr. Jones's trap, came mincing daintily in, chewing at a lump of sugar. She took a place near the front and began flirting her white mane, hoping to draw attention to the red ribbons it was plaited with. Last of all came the cat, who looked round, as usual, for the warmest place, and finally squeezed herself in between Boxer and Clover; there she purred contentedly throughout Major's speech without listening to a word of what he was saying.

All the animals were now present except Moses, the tame raven, who slept on a perch behind the back door. When Major saw that they had all made themselves comfortable and were waiting attentively, he cleared his throat and began:

"Comrades, you have heard already about the strange dream that I had last night. But I will come to the dream later. I have something else to say first. I do not think, comrades, that I shall be with you for many months longer, and before I die, I feel it my duty to pass on to you such wisdom as I have acquired. I have had a long life, I have had much time for thought as I lay alone in my stall, and I think I may say that I understand the nature of life on this earth as well as any animal now living. It is about this that I wish to speak to you.

"Now, comrades, what is the nature of this life of ours? Let us face it: our lives are miserable, laborious, and short. We are born, we are given just so much food as will keep the breath in our bodies, and those of us who are capable of it are forced to work to the last atom of our strength; and the very instant that our usefulness has come to an end we are slaughtered with hideous cruelty. No animal in England knows the meaning of happiness or leisure after he is a year old. No animal in England is free. The life of an animal is misery and slavery: that is the plain truth.

"But is this simply part of the order of nature? Is it because this land of ours is so poor that it cannot afford a decent life to those who dwell upon it? No, comrades, a thousand times no! The soil of England is fertile, its climate is good, it is capable of affording food in abundance to an enormously greater number of animals than now inhabit it. This single farm of ours would support a dozen horses, twenty cows, hundreds of sheep, and all of them living in a comfort and a dignity that are now almost beyond our imagining. Why then do we continue in this miserable condition? Because nearly the whole of the produce of our labour is stolen from us by human beings. There, comrades, is the answer to all our problems. It is summed up in a single word—Man. Man is the only real enemy we have. Remove Man from the scene, and the root cause of hunger and overwork is abolished for ever.

"Man is the only creature that consumes without producing. He does not give milk, he does not lay eggs, he is too weak to pull the plough, he cannot run fast enough to catch rabbits. Yet he is lord of all the animals. He sets them to work, he gives back to them the bare minimum that will prevent them from starving, and the rest he keeps for himself. Our labour tills the soil, our dung fertilises it, and yet there is not one of us that owns more than his bare skin. You cows that I see before me, how many thousands of gallons of milk have you given during this last year? And what has happened to that milk which should have been breeding up sturdy calves? Every drop of it has gone down the throats of our enemies. And you hens, how many eggs have you laid in this last year, and how many of those eggs ever hatched into chickens? The rest have all gone to market to bring in money for Jones and his men. And you, Clover, where are those four foals you bore, who should have been the support and pleasure of your old age? Each was sold at a year old—you will never see one of them again. In return for your four confinements and all your labour in the fields, what have you ever had except your bare rations and a stall?

"And even the miserable lives we lead are not allowed to reach their natural span. For myself I do not grumble, for I am one of the lucky ones. I am twelve years old and have had over four hundred children. Such is the natural life of a pig. But no animal escapes the cruel knife in the end. You young porkers who are sitting in front of me, every one of you will scream your lives out at the block within a year. To that horror we all must come—cows, pigs, hens, sheep, everyone. Even the horses and the dogs have no better fate. You, Boxer, the very day that those great muscles of yours lose their power, Jones will sell you to the knacker, who will cut your throat and boil you down for the foxhounds. As for the dogs, when they grow old and toothless, Jones ties a brick round their necks and drowns them in the nearest pond.

"Is it not crystal clear, then, comrades, that all the evils of this life of ours spring from the tyranny of human beings? Only get rid of Man, and the produce of our labour would be our own. Almost overnight we could become rich and free. What then must we do? Why, work night and day, body and soul, for the overthrow of the human race! That is my message to you, comrades: Rebellion! I do not know when that Rebellion will come, it might be in a week or in a hundred years, but I know, as surely as I see this straw beneath my feet, that sooner or later justice will be done. Fix your eyes on that, comrades, throughout the short remainder of your lives! And above all, pass on this message of mine to those who come after you, so that future generations shall carry on the struggle until it is victorious.

"And remember, comrades, your resolution must never falter. No argument must lead you astray. Never listen when they tell you that Man and the animals have a common interest, that the prosperity of the one is the prosperity of the others. It is all lies. Man serves the interests of no creature except himself. And among us animals let there be perfect unity, perfect comradeship in the struggle. All men are enemies. All animals are comrades."

At this moment there was a tremendous uproar. While Major was speaking four large rats had crept out of their holes and were sitting on their hindquarters, listening to him. The dogs had suddenly caught sight of them, and it was only by a swift dash for their holes that the rats saved their lives. Major raised his trotter for silence.

"Comrades," he said, "here is a point that must be settled. The wild creatures, such as rats and rabbits—are they our friends or our enemies? Let us put it to the vote. I propose this question to the meeting: Are rats comrades?"

The vote was taken at once, and it was agreed by an overwhelming majority that rats were comrades. There were only four dissentients, the three dogs and the cat, who was afterwards discovered to have voted on both sides. Major continued:

"I have little more to say. I merely repeat, remember always your duty of enmity towards Man and all his ways. Whatever goes upon two legs is an enemy. Whatever goes upon four legs, or has wings, is a friend. And remember also that in fighting against Man, we must not come to resemble him. Even when you have conquered him, do not adopt his vices. No animal must ever live in a house, or sleep in a bed, or wear clothes, or drink alcohol, or smoke tobacco, or touch money, or engage in trade. All the habits of Man are evil. And, above all, no animal must ever tyrannise over his own kind. Weak or strong, clever or simple, we are all brothers. No animal must ever kill any other animal. All animals are equal.

"And now, comrades, I will tell you about my dream of last night. I cannot describe that dream to you. It was a dream of the earth as it will be when Man has vanished. But it reminded me of something that I had long forgotten. Many years ago, when I was a little pig, my mother and the other sows used to sing an old song of which they knew only the tune and the first three words. I had known that tune in my infancy, but it had long since passed out of my mind. Last night, however, it came back to me in my dream. And what is more, the words of the song also came back—words, I am certain, which were sung by the animals of long ago and have been lost to memory for generations. I will sing you that song now, comrades. I am old and my voice is hoarse, but when I have taught you the tune, you can sing it better for yourselves. It is called *Beasts of England.*"

Old Major cleared his throat and began to sing. As he had said, his voice was hoarse, but he sang well enough, and it was a stirring tune, something between Clementine and La Cucaracha. The words ran:

*Beasts of England, beasts of Ireland,*
*Beasts of every land and clime,*
*Hearken to my joyful tidings*
*Of the golden future time.*

*Soon or late the day is coming,*
*Tyrant Man shall be o'er thrown,*
*And the fruitful fields of England*
*Shall be trod by beasts alone.*

*Rings shall vanish from our noses,*
*And the harness from our back,*
*Bit and spur shall rust forever,*
*Cruel whips no more shall crack.*

*Riches more than mind can picture,*
*Wheat and barley, oats and hay,*
*Clover, beans, and mangel-wurzels*
*Shall be ours upon that day.*

*Bright will shine the fields of England,*
*Purer shall its waters be,*
*Sweeter yet shall blow its breezes*
*On the day that sets us free.*

*For that day we all must labour,*
*Though we die before it break;*
*Cows and horses, geese and turkeys,*

*All must toil for freedom's sake.*

*Beasts of England, beasts of Ireland,*
*Beasts of every land and clime,*
*Hearken well and spread my tidings*
*Of the golden future time*

The singing of this song threw the animals into the wildest excitement. Almost before Major had reached the end, they had begun singing it for themselves. Even the stupidest of them had already picked up the tune and a few of the words, and as for the clever ones, such as the pigs and dogs, they had the entire song by heart within a few minutes. And then, after a few preliminary tries, the whole farm burst out into *Beasts of England* in tremendous unison. The cows lowed it, the dogs whined it, the sheep bleated it, the horses whinnied it, the ducks quacked it. They were so delighted with the song that they sang it right through five times in succession, and might have continued singing it all night if they had not been interrupted.

Unfortunately, the uproar awoke Mr. Jones, who sprang out of bed, making sure that there was a fox in the yard. He seized the gun which always stood in a corner of his bedroom, and let fly a charge of number 6 shot into the darkness. The pellets buried themselves in the wall of the barn and the meeting broke up hurriedly. Everyone fled to his own sleeping-place. The birds jumped on to their perches, the animals settled down in the straw, and the whole farm was asleep in a moment.

# Chapter 2

Three nights later old Major died peacefully in his sleep. His body was buried at the foot of the orchard.

This was early in March. During the next three months there was much secret activity. Major's speech had given to the more intelligent animals on the farm a completely new outlook on life. They did not know when the Rebellion predicted by Major would take place, they had no reason for thinking that it would be within their own lifetime, but they saw clearly that it was their duty to prepare for it. The work of teaching and organising the others fell naturally upon the pigs, who were generally recognised as being the cleverest of the animals. Pre-eminent among the pigs were two young boars named Snowball and Napoleon, whom Mr. Jones was breeding up for sale. Napoleon was a large, rather fierce-looking Berkshire boar, the only Berkshire on the farm, not much of a talker, but with a reputation for getting his own way. Snowball was a more vivacious pig than Napoleon, quicker in speech and more inventive, but was not considered to have the same depth of character. All the other male pigs on the farm were porkers. The best known among them was a small fat pig named Squealer, with very round cheeks, twinkling eyes, nimble movements, and a shrill voice. He was a brilliant talker, and when he was arguing some difficult point he had a way of skipping from side to side and whisking his tail which was somehow very persuasive. The others said of Squealer that he could turn black into white.

These three had elaborated old Major's teachings into a complete system of thought, to which they gave the name of Animalism. Several nights a week, after Mr. Jones was asleep, they held secret meetings in the barn and expounded the principles of Animalism to the others. At the beginning they met with much stupidity and apathy. Some of the animals talked of the duty of loyalty to Mr. Jones, whom they referred to as "Master", or made elementary remarks such as "Mr. Jones feeds us. If he were gone, we should starve to death." Others asked such questions as "Why should we care what happens after we are dead?" or "If this Rebellion is to happen anyway, what difference does it make whether we work for it or not?", and the pigs had great difficulty in making them see that this was contrary to the spirit of Animalism. The stupidest questions of all were asked by Mollie, the white mare. The very first question she asked Snowball was: "Will there still be sugar after the Rebellion?"

"No," said Snowball firmly. "We have no means of making

sugar on this farm. Besides, you do not need sugar. You will have all the oats and hay you want."

"And shall I still be allowed to wear ribbons in my mane?" asked Mollie.

"Comrade," said Snowball, "those ribbons that you are so devoted to are the badge of slavery. Can you not understand that liberty is worth more than ribbons?"

Mollie agreed, but she did not sound very convinced.

The pigs had an even harder struggle to counteract the lies put about by Moses, the tame raven. Moses, who was Mr. Jones's especial pet, was a spy and a tale-bearer, but he was also a clever talker. He claimed to know of the existence of a mysterious country called Sugarcandy Mountain, to which all animals went when they died. It was situated somewhere up in the sky, a little distance beyond the clouds, Moses said. In Sugarcandy Mountain it was Sunday seven days a week, clover was in season all the year round, and lump sugar and linseed cake grew on the hedges. The animals hated Moses because he told tales and did no work, but some of them believed in Sugarcandy Mountain, and the pigs had to argue very hard to persuade them that there was no such place.

Their most faithful disciples were the two cart-horses, Boxer and Clover. These two had great difficulty in thinking anything out for themselves, but having once accepted the pigs as their teachers, they absorbed everything that they were told, and passed it on to the other animals by simple arguments. They were unfailing in their attendance at the secret meetings in the barn, and led the singing of *Beasts of England*, with which the meetings always ended.

Now, as it turned out, the Rebellion was achieved much earlier and more easily than anyone had expected. In past years Mr. Jones, although a hard master, had been a capable farmer, but of late he had fallen on evil days. He had become much disheartened after losing money in a lawsuit, and had taken to drinking more than was good for him. For whole days at a time he would lounge in his Windsor chair in the kitchen, reading the newspapers, drinking, and occasionally feeding Moses on crusts of bread soaked in beer. His men were idle and dishonest, the fields were full of weeds, the buildings wanted roofing, the hedges were neglected, and the animals were underfed.

June came and the hay was almost ready for cutting. On Midsummer's Eve, which was a Saturday, Mr. Jones went into Willingdon and got so drunk at the Red Lion that he did not come back till midday on Sunday. The men had milked the cows in the early morning and then had gone out rabbiting, without bothering to feed the animals. When Mr. Jones got back he immediately went to sleep on the drawing-room sofa with the News of the World over his face, so that when evening came, the animals were still unfed. At last they could stand it no longer. One of the cows broke in the door of the store-shed with her horn and all the animals began to help themselves from the bins. It was just then that Mr. Jones woke up. The next moment he and his four men were in the store-shed with whips in their hands, lashing out in all directions. This was more than the hungry animals could bear. With one accord, though nothing of the kind had been planned beforehand, they flung themselves upon their tormentors. Jones and his men suddenly found themselves being butted and kicked from all sides. The situation was quite out of their control. They had never seen animals behave like this before, and this sudden uprising of creatures whom they were used to thrashing and maltreating just as they chose, frightened them almost out of their wits. After only a moment or two they gave up trying to defend themselves and took to their heels. A minute later all five of them were in full flight down the cart-track that led to the main road, with the animals pursuing them in triumph.

Mrs. Jones looked out of the bedroom window, saw what was happening, hurriedly flung a few possessions into a carpet bag, and slipped out of the farm by another way. Moses sprang off his perch and flapped after her, croaking loudly. Meanwhile the animals had chased Jones and his men out on to the road and slammed the five-barred gate behind them. And so, almost before they knew what was happening, the Rebellion had been successfully carried through: Jones was expelled, and the Manor Farm was theirs.

For the first few minutes the animals could hardly believe in their good fortune. Their first act was to gallop in a body right round the boundaries of the farm, as though to make quite sure that no human being was hiding anywhere upon it; then they raced back to the farm buildings to wipe out the last traces of Jones's hated reign. The harness-room at the end of the stables was broken open; the bits, the nose-rings, the dog-chains, the cruel knives with which Mr. Jones had been used to castrate the pigs and lambs, were all flung down the well. The reins, the halters, the blinkers, the degrading nosebags, were thrown on to the rubbish fire which was burning in the yard. So were the whips. All the animals capered with joy when they saw the whips going up in flames. Snowball also threw on to the fire the ribbons with which the horses' manes and tails had usually been decorated on market days.

"Ribbons," he said, "should be considered as clothes, which are the mark of a human being. All animals should go naked."

When Boxer heard this he fetched the small straw hat which he wore in summer to keep the flies out of his ears, and flung it on to the fire with the rest.

In a very little while the animals had destroyed everything that reminded them of Mr. Jones. Napoleon then led them back to the store-shed and served out a double ration of corn to everybody, with two biscuits for each dog. Then they sang *Beasts of England* from end to end seven times running, and after that they settled down for the night and slept as they had never slept before.

But they woke at dawn as usual, and suddenly remembering the glorious thing that had happened, they all raced out into the pasture together. A little way down the pasture there was a knoll that commanded a view of most of the farm. The animals rushed to the top of it and gazed round them in the clear morning light. Yes, it was theirs—everything that they could see was theirs! In the ecstasy of that thought they gambolled round and round, they hurled themselves into the air in great leaps of excitement. They rolled in the dew, they cropped mouthfuls of the sweet summer grass, they kicked up clods of the black earth and snuffed its rich scent. Then they made a tour of inspection of the whole farm and surveyed with speechless admiration the ploughland, the hayfield, the orchard, the pool, the spinney. It was as though they had never seen these things before, and even now they could hardly believe that it was all their own.

Then they filed back to the farm buildings and halted in silence outside the door of the farmhouse. That was theirs too, but they were frightened to go inside. After a moment, however, Snowball and Napoleon butted the door open with their shoulders and the animals entered in single file, walking with the utmost care for fear of disturbing anything. They tiptoed from room to room, afraid to speak above a whisper and gazing with a kind of awe at the unbelievable luxury, at the beds with their feather mattresses, the looking-glasses, the horsehair sofa, the Brussels carpet, the lithograph of Queen Victoria over the drawing-room mantelpiece. They were lust coming down the stairs when Mollie was discovered to be missing. Going back, the others found that she had remained behind in the best bedroom. She had taken a piece of blue ribbon from Mrs. Jones's dressing-table, and was holding it against her shoulder and admiring herself in the glass in a very foolish manner. The others reproached her sharply, and they went outside. Some hams hanging in the kitchen were taken out for burial, and the barrel of beer in the scullery was stove in with a kick from Boxer's hoof, otherwise nothing in the house was touched. A unanimous resolution was passed on the spot that the farmhouse should be preserved as a museum. All were agreed that no animal must ever live there.

The animals had their breakfast, and then Snowball and Napoleon called them together again.

"Comrades," said Snowball, "it is half-past six and we have a long day before us. Today we begin the hay harvest. But there is another matter that must be attended to first."

The pigs now revealed that during the past three months they had taught themselves to read and write from an old spelling book which had belonged to Mr. Jones's children and which had been thrown on the rubbish heap. Napoleon sent for pots of black and white paint and led the way down to the five-barred gate that gave on to the main road. Then Snowball (for it was Snowball who was best at writing) took a brush between the two knuckles of his trotter, painted out MANOR FARM from the top bar of the gate and in its place painted ANIMAL FARM. This was to be the name of the farm from now onwards. After this they went back to the farm buildings, where Snowball and Napoleon sent for a ladder which they caused to be set against the end wall of the big barn. They explained that by their studies of the past three months the pigs had succeeded in reducing the principles of Animalism to Seven Commandments. These Seven Commandments would now be inscribed on the wall; they would form an unalterable law by which all the animals on Animal Farm must live for ever after. With some difficulty (for it is not easy for a pig to balance himself on a ladder) Snowball climbed up and set to work, with Squealer a few rungs below him holding the paint-pot. The Commandments were written on the tarred wall in great white letters that could be read thirty yards away. They ran thus:

THE SEVEN COMMANDMENTS

1. *Whatever goes upon two legs is an enemy.*

2. *Whatever goes upon four legs, or has wings, is a friend.*

3. *No animal shall wear clothes.*

4. *No animal shall sleep in a bed.*

5. *No animal shall drink alcohol.*

6. *No animal shall kill any other animal.*

7. *All animals are equal.*

It was very neatly written, and except that "friend" was written "freind" and one of the "s" was the wrong way round, the spelling was correct all the way through. Snowball read it aloud for the benefit of the others. All the animals nodded in complete agreement, and the cleverer ones at once began to learn the Commandments by heart.

"Now, comrades," cried Snowball, throwing down the paint-brush, "to the hayfield! Let us make it a point of honour to get in the harvest more quickly than Jones and his men could do."

But at this moment the three cows, who had seemed uneasy for some time past, set up a loud lowing. They had not been milked for twenty-four hours, and their udders were almost bursting. After a little thought, the pigs sent for buckets and milked the cows fairly successfully, their trotters being well adapted to this task. Soon there were five buckets of frothing creamy milk at which many of the animals looked with considerable interest.

"What is going to happen to all that milk?" said someone.

"Jones used sometimes to mix some of it in our mash," said one of the hens.

"Never mind the milk, comrades!" cried Napoleon, placing himself in front of the buckets. "That will be attended to. The harvest is more important. Comrade Snowball will lead the way. I shall follow in a few minutes. Forward, comrades! The hay is waiting."

So the animals trooped down to the hayfield to begin the harvest, and when they came back in the evening it was noticed that the milk had disappeared.

# Chapter 3

How they toiled and sweated to get the hay in! But their efforts were rewarded, for the harvest was an even bigger success than they had hoped.

Sometimes the work was hard; the implements had been designed for human beings and not for animals, and it was a great drawback that no animal was able to use any tool that involved standing on his hind legs. But the pigs were so clever that they could think of a way round every difficulty. As for the horses, they knew every inch of the field, and in fact understood the business of mowing and raking far better than Jones and his men had ever done. The pigs did not actually work, but directed and supervised the others. With their superior knowledge it was natural that they should assume the leadership. Boxer and Clover would harness themselves to the cutter or the horse-rake (no bits or reins were needed in these days, of course) and tramp steadily round and round the field with a pig walking behind and calling out "Gee up, comrade!" or "Whoa back, comrade!" as the case might be. And every animal down to the humblest worked at turning the hay and gathering it. Even the ducks and hens toiled to and fro all day in the sun, carrying tiny wisps of hay in their beaks. In the end they finished the harvest in two days' less time than it had usually taken Jones and his men. Moreover, it was the biggest harvest that the farm had ever seen. There was no wastage whatever; the hens and ducks with their sharp eyes had gathered up the very last stalk. And not an animal on the farm had stolen so much as a mouthful.

All through that summer the work of the farm went like clockwork. The animals were happy as they had never conceived it possible to be. Every mouthful of food was an acute positive pleasure, now that it was truly their own food, produced by themselves and for themselves, not doled out to them by a grudging master. With the worthless parasitical human beings gone, there was more for everyone to eat. There was more leisure too, inexperienced though the animals were. They met with many difficulties—, for instance, later in the year, when they harvested the corn, they had to tread it out in the ancient style and blow away the chaff with their breath, since the farm possessed no threshing machine—, but the pigs with their cleverness and Boxer with his tremendous muscles always pulled them through. Boxer was the admiration of everybody. He had been a hard worker even in Jones's time, but now he seemed more like three horses than one; there were days when the entire work of the farm seemed to rest on his mighty shoulders. From morning to night he was pushing and pulling, always at the spot where the work was hardest. He had made an arrangement with one of the cockerels to call him in the mornings half an hour earlier than anyone else, and would put in some volunteer labour at whatever seemed to be most needed, before the regular day's work began. His answer to every problem, every setback, was "I will work harder!" —which he had adopted as his personal motto.

But everyone worked according to his capacity. The hens and ducks, for instance, saved five bushels of corn at the harvest by gathering up the stray grains. Nobody stole, nobody grumbled over his rations, the quarrelling and biting and jealousy which had been normal features of life in the old days had almost disappeared. Nobody shirked—or almost nobody. Mollie, it was true, was not good at getting up in the mornings, and had a way of leaving work early on the ground that there was a stone in her hoof. And the behaviour of the cat was somewhat peculiar. It was soon noticed that when there was work to be done the cat could never be found. She would vanish for hours on end, and then reappear at meal-times, or in the evening after work was over, as though nothing had happened. But she always made such excellent excuses, and purred so affectionately, that it was impossible not to believe in her good intentions. Old Benjamin, the donkey, seemed quite unchanged since the Rebellion. He did his work in the same slow obstinate way as he had done it in Jones's time, never shirking and never volunteering for extra work either. About the Rebellion and its results he would express no opinion. When asked whether he was not happier now that Jones was gone, he would say only "Donkeys live a long time. None of you has ever seen a dead donkey," and the others had to be content with this cryptic answer.

On Sundays there was no work. Breakfast was an hour later than usual, and after breakfast there was a ceremony which was observed every week without fail. First came the hoisting of the flag. Snowball had found in the harness-room an old green tablecloth of Mrs. Jones's and had painted on it a hoof and a horn in white. This was run up the flagstaff in the farmhouse garden every Sunday morning. The flag was green, Snowball explained, to represent the green fields of England, while the hoof and horn signified the future Republic of the Animals which would arise when the human race had been finally overthrown. After the hoisting of the flag all the animals trooped into the big barn for a general assembly which was known as the Meeting. Here the work of the coming week was planned out and resolutions were put forward and debated. It was always the pigs who put forward the resolutions. The other animals understood how to vote, but could never think of any resolutions of their own. Snowball and

Napoleon were by far the most active in the debates. But it was noticed that these two were never in agreement: whatever suggestion either of them made, the other could be counted on to oppose it. Even when it was resolved—a thing no one could object to in itself—to set aside the small paddock behind the orchard as a home of rest for animals who were past work, there was a stormy debate over the correct retiring age for each class of animal. The Meeting always ended with the singing of *Beasts of England*, and the afternoon was given up to recreation.

The pigs had set aside the harness-room as a headquarters for themselves. Here, in the evenings, they studied blacksmithing, carpentering, and other necessary arts from books which they had brought out of the farmhouse. Snowball also busied himself with organising the other animals into what he called Animal Committees. He was indefatigable at this. He formed the Egg Production Committee for the hens, the Clean Tails League for the cows, the Wild Comrades' Re-education Committee (the object of this was to tame the rats and rabbits), the Whiter Wool Movement for the sheep, and various others, besides instituting classes in reading and writing. On the whole, these projects were a failure. The attempt to tame the wild creatures, for instance, broke down almost immediately. They continued to behave very much as before, and when treated with generosity, simply took advantage of it. The cat joined the Re-education

Committee and was very active in it for some days. She was seen one day sitting on a roof and talking to some sparrows who were just out of her reach. She was telling them that all animals were now comrades and that any sparrow who chose could come and perch on her paw; but the sparrows kept their distance.

The reading and writing classes, however, were a great success. By the autumn almost every animal on the farm was literate in some degree.

As for the pigs, they could already read and write perfectly. The dogs learned to read fairly well, but were not interested in reading anything except the Seven Commandments. Muriel, the goat, could read somewhat better than the dogs, and sometimes used to read to the others in the evenings from scraps of newspaper which she found on the rubbish heap. Benjamin could read as well as any pig, but never exercised his faculty. So far as he knew, he said, there was nothing worth reading. Clover learnt the whole alphabet, but could not put words together. Boxer could not get beyond the letter D. He would trace out A, B, C, D, in the dust with his great hoof, and then would stand staring at the letters with his ears back, sometimes shaking his forelock, trying with all his might to remember what came next and never succeeding. On several occasions, indeed, he did learn E, F, G, H, but by the time he knew them, it was always discovered that he had forgotten A, B, C, and D. Finally he decided to be content with the first four letters, and used to write them out once or twice every day to refresh his memory. Mollie refused to learn any but the six letters which spelt her own name. She would form these very neatly out of pieces of twig, and would then decorate them with a flower or two and walk round them admiring them.

None of the other animals on the farm could get further than the letter A. It was also found that the stupider animals, such as the sheep, hens, and ducks, were unable to learn the Seven Commandments by heart. After much thought Snowball declared that the Seven Commandments could in effect be reduced to a single maxim, namely: "Four legs good, two legs bad." This, he said, contained the essential principle of Animalism. Whoever had thoroughly grasped it would be safe from human influences. The birds at first objected, since it seemed to them that they also had two legs, but Snowball proved to them that this was not so.

"A bird's wing, comrades," he said, "is an organ of propulsion and not of manipulation. It should therefore be regarded as a leg. The distinguishing mark of man is the hand, the instrument with which he does all his mischief."

The birds did not understand Snowball's long words, but they accepted his explanation, and all the humbler animals set to work to learn the new maxim by heart. FOUR LEGS GOOD,

TWO LEGS BAD was inscribed on the end wall of the barn, above the Seven Commandments and in bigger letters. When they had once got it by heart, the sheep developed a great liking for this maxim, and often as they lay in the field they would all start bleating "Four legs good, two legs bad! Four legs good, two legs bad!" and keep it up for hours on end, never growing tired of it.

Napoleon took no interest in Snowball's committees. He said that the education of the young was more important than anything that could be done for those who were already grown up. It happened that Jessie and Bluebell had both whelped soon after the hay harvest, giving birth between them to nine sturdy puppies. As soon as they were weaned, Napoleon took them away from their mothers, saying that he would make himself responsible for their education. He took them up into a loft which could only be reached by a ladder from the harness-room, and there kept them in such seclusion that the rest of the farm soon forgot their existence.

The mystery of where the milk went to was soon cleared up. It was mixed every day into the pigs' mash. The early apples were now ripening, and the grass of the orchard was littered with windfalls. The animals had assumed as a matter of course that these would be shared out equally; one day, however, the order went forth that all the windfalls were to be collected and brought to the harness-room for the use of the pigs. At this some of the other animals murmured, but it was no use. All the pigs were in full agreement on this point, even Snowball and Napoleon. Squealer was sent to make the necessary explanations to the others.

"Comrades!" he cried. "You do not imagine, I hope, that we pigs are doing this in a spirit of selfishness and privilege? Many of us actually dislike milk and apples. I dislike them myself. Our sole object in taking these things is to preserve our health. Milk and apples (this has been proved by Science, comrades) contain substances absolutely necessary to the well-being of a pig. We pigs are brainworkers. The whole management and organisation of this farm depend on us. Day and night we are watching over your welfare. It is for your sake that we drink that milk and eat those apples. Do you know what would happen if we pigs failed in our duty? Jones would come back! Yes, Jones would come back! Surely, comrades," cried Squealer almost pleadingly, skipping from side to side and whisking his tail, "surely there is no one among you who wants to see Jones come back?"

Now if there was one thing that the animals were completely certain of, it was that they did not want Jones back. When it was put to them in this light, they had no more to say. The importance of keeping the pigs in good health was all too obvious.

So it was agreed without further argument that the milk and the windfall apples(and also the main crop of apples when they ripened) should be reserved for the pigs alone.

# Chapter 4

By the late summer the news of what had happened on Animal Farm had spread across half the county. Every day Snowball and Napoleon sent out flights of pigeons whose instructions were to mingle with the animals on neighbouring farms, tell them the story of the Rebellion, and teach them the tune of *Beasts of England.*

Most of this time Mr. Jones had spent sitting in the taproom of the Red Lion at Willingdon, complaining to anyone who would listen of the monstrous injustice he had suffered in being turned out of his property by a pack of good-for-nothing animals. The other farmers sympathised in principle, but they did not at first give him much help. At heart, each of them was secretly wondering whether he could not somehow turn Jones's misfortune to his own advantage. It was lucky that the owners of the two farms which adjoined Animal Farm were on permanently bad terms. One of them, which was named Foxwood, was a large, neglected, old-fashioned farm, much overgrown by woodland, with all its pastures worn out and its hedges in a disgraceful condition.

Its owner, Mr. Pilkington, was an easy-going gentleman farmer who spent most of his time in fishing or hunting according to the season. The other farm, which was called Pinchfield, was smaller and better kept. Its owner was a Mr. Frederick, a tough, shrewd man, perpetually involved in lawsuits and with a name for driving hard bargains. These two disliked each other so much that it was difficult for them to come to any agreement, even in defence of their own interests.

Nevertheless, they were both thoroughly frightened by the rebellion on Animal Farm, and very anxious to prevent their own animals from learning too much about it. At first, they pretended to laugh to scorn the idea of animals managing a farm for themselves. The whole thing would be over in a fortnight, they said. They put it about that the animals on the Manor Farm (they insisted on calling it the Manor Farm; they would not tolerate the name "Animal Farm") were perpetually fighting among themselves and were also rapidly starving to death. When time passed and the animals had evidently not starved to death, Frederick and Pilkington changed their tune and began to talk of the terrible wickedness that now flourished on Animal Farm. It was given out that the animals there practised cannibalism, tortured one another with red-hot horseshoes, and had their females in common. This was what came of rebelling against the laws of Nature, Frederick and Pilkington said.

However, these stories were never fully believed. Rumours of a wonderful farm, where the human beings had been turned out and the animals managed their own affairs, continued to circulate in vague and distorted forms, and throughout that year a wave of rebelliousness ran through the countryside. Bulls which had always been tractable suddenly turned savage, sheep broke down hedges and devoured the clover, cows kicked the pail over, hunters refused their fences and shot their riders on to the other side. Above all, the tune and even the words of *Beasts of England* were known everywhere. It had spread with astonishing speed. The human beings could not contain their rage when they heard this song, though they pretended to think it merely ridiculous. They could not understand, they said, how even animals could bring themselves to sing such contemptible rubbish. Any animal caught singing it was given a flogging on the spot. And yet the song was irrepressible. The blackbirds whistled it in the hedges, the pigeons cooed it in the elms, it got into the din of the smithies and the tune of the church bells. And when the human beings listened to it, they secretly trembled, hearing in it a prophecy of their future doom.

Early in October, when the corn was cut and stacked and some of it was already threshed, a flight of pigeons came whirling through the air and alighted in the yard of Animal Farm in the wildest excitement. Jones and all his men, with half a dozen others from Foxwood and Pinchfield, had entered the five-barred gate and were coming up the cart-track that led to the farm. They were all carrying sticks, except Jones, who was marching ahead with a gun in his hands. Obviously they were going to attempt the recapture of the farm.

This had long been expected, and all preparations had been made. Snowball, who had studied an old book of Julius Caesar's campaigns which he had found in the farmhouse, was in charge of the defensive operations. He gave his orders quickly, and in a couple of minutes every animal was at his post.

As the human beings approached the farm buildings, Snowball launched his first attack. All the pigeons, to the number of thirty-five, flew to and fro over the men's heads and muted upon them from mid-air; and while the men were dealing with this, the geese, who had been hiding behind the hedge, rushed out and pecked viciously at the calves of their legs. However, this was only a light skirmishing manoeuvre, intended to create a little disorder, and the men easily drove the geese off with their sticks. Snowball now launched his second line of attack. Muriel, Benjamin, and all the sheep, with Snowball at the head of them, rushed forward and prodded and butted the men from every side, while Benjamin turned around and lashed at them with his small hoofs. But once again the men, with their sticks and their hobnailed boots, were too strong for them; and suddenly, at a squeal from Snowball, which was the signal for retreat, all the animals turned and fled through the gateway into the yard.

The men gave a shout of triumph. They saw, as they imagined, their enemies in flight, and they rushed after them in disorder. This was just what Snowball had intended. As soon as they were well inside the yard, the three horses, the three cows, and the rest of the pigs, who had been lying in ambush in the cowshed, suddenly emerged in their rear, cutting them off. Snowball now gave the signal for the charge. He himself dashed straight for Jones. Jones saw him coming, raised his gun and fired. The pellets scored bloody streaks along Snowball's back, and a sheep dropped dead. Without halting for an instant, Snowball flung his fifteen stone against Jones's legs. Jones was hurled into a pile of dung and his gun flew out of his hands. But the most terrifying spectacle of all was Boxer, rearing up on his hind legs and striking out with his great iron-shod hoofs like a stallion. His very first blow took a stable-lad from Foxwood on the skull and stretched him lifeless in the mud. At the sight, several men dropped their sticks and tried to run. Panic overtook them, and the next moment all the animals together were chasing them round and round the yard. They were gored, kicked, bitten, trampled on. There was not an animal on the farm that did not take vengeance on them after his own fashion. Even the cat suddenly leapt off a roof onto a cowman's shoulders and sank her claws in his neck, at which he yelled horribly. At a moment when the opening was clear, the men were glad enough to rush out of the yard and make a bolt for the main road. And so within five minutes of their invasion they were in ignominious retreat by the same way as they had come, with a flock of geese hissing after them and pecking at their calves all the way.

All the men were gone except one. Back in the yard Boxer was pawing with his hoof at the stable-lad who lay face down in the mud, trying to turn him over. The boy did not stir.

"He is dead," said Boxer sorrowfully. "I had no intention of doing that. I forgot that I was wearing iron shoes. Who will believe that I did not do this on purpose?"

"No sentimentality, comrade!" cried Snowball from whose wounds the blood was still dripping. "War is war. The only good human being is a dead one."

"I have no wish to take life, not even human life," repeated Boxer, and his eyes were full of tears.

"Where is Mollie?" exclaimed somebody.

Mollie in fact was missing. For a moment there was great alarm; it was feared that the men might have harmed her in some way, or even carried her off with them. In the end, however, she was found hiding in her stall with her head buried among the hay in the manger. She had taken to flight as soon as the gun went off. And when the others came back from looking for her, it was to find that the stable-lad, who in fact was only stunned, had already recovered and made off.

The animals had now reassembled in the wildest excitement, each recounting his own exploits in the battle at the top of his voice. An impromptu celebration of the victory was held immediately. The flag was run up and *Beasts of England* was sung a number of times, then the sheep who had been killed was given a solemn funeral, a hawthorn bush being planted on her grave. At the graveside Snowball made a little speech, emphasising the need for all animals to be ready to die for Animal Farm if need be.

The animals decided unanimously to create a military decoration, "Animal Hero, First Class," which was conferred there and then on Snowball and Boxer. It consisted of a brass medal (they were really some old horse-brasses which had been found in the harness-room), to be worn on Sundays and holidays. There was also "Animal Hero, Second Class," which was conferred posthumously on the dead sheep.

There was much discussion as to what the battle should be called. In the end, it was named the Battle of the Cowshed, since that was where the ambush had been sprung. Mr. Jones's gun had been found lying in the mud, and it was known that there was a supply of cartridges in the farmhouse. It was decided to set the gun up at the foot of the Flagstaff, like a piece of artillery, and to fire it twice a year—once on October the twelfth, the anniversary of the Battle of the Cowshed, and once on Midsummer Day, the anniversary of the Rebellion.

# Chapter 5

As winter drew on, Mollie became more and more troublesome. She was late for work every morning and excused herself by saying that she had overslept, and she complained of mysterious pains, although her appetite was excellent. On every kind of pretext she would run away from work and go to the drinking pool, where she would stand foolishly gazing at her own reflection in the water. But there were also rumours of something more serious. One day, as Mollie strolled blithely into the yard, flirting her long tail and chewing at a stalk of hay, Clover took her aside.

"Mollie," she said, "I have something very serious to say to you. This morning I saw you looking over the hedge that divides Animal Farm from Foxwood. One of Mr. Pilkington's men was standing on the other side of the hedge. And I was a long way away, but I am almost certain I saw this he was talking to you and you were allowing him to stroke your nose. What does that mean, Mollie?"

"He didn't! I wasn't! It isn't true!" cried Mollie, beginning to prance about and paw the ground.

"Mollie! Look me in the face. Do you give me your word of honour that that man was not stroking your nose?"

"It isn't true!" repeated Mollie, but she could not look Clover in the face, and the next moment she took to her heels and galloped away into the field.

A thought struck Clover. Without saying anything to the others, she went to Mollie's stall and turned over the straw with her hoof. Hidden under the straw was a little pile of lump sugar and several bunches of ribbon of different colours.

Three days later Mollie disappeared. For some weeks nothing was known of her whereabouts, then the pigeons reported that they had seen her on the other side of Willingdon. She was between the shafts of a smart dogcart painted red and black, which was standing outside a public-house. A fat red-faced man in check breeches and gaiters, who looked like a publican, was stroking her nose and feeding her with sugar. Her coat was newly clipped and she wore a scarlet ribbon round her forelock. She appeared to be enjoying herself, so the pigeons said. None of the animals ever mentioned Mollie again.

In January there came bitterly hard weather. The earth was like iron, and nothing could be done in the fields. Many meetings were held in the big barn, and the pigs occupied themselves with planning out the work of the coming season. It had come to be accepted that the pigs, who were manifestly cleverer than the other animals, should decide all questions of farm policy, though their decisions had to be ratified by a majority vote. This arrangement would have worked well enough if it had not been for the disputes between Snowball and Napoleon. These two disagreed at every point where disagreement was possible. If one of them suggested sowing a bigger acreage with barley, the other was certain to demand a bigger acreage of oats, and if one of them said that such and such a field was just right for cabbages, the other would declare that it was useless for anything except roots. Each had his own following, and there were some violent debates. At the Meetings Snowball often won over the majority by his brilliant speeches, but Napoleon was better at canvassing support for himself in between times. He was especially successful with the sheep. Of late the sheep had taken to bleating "Four legs good, two legs bad" both in and out of season, and they often interrupted the Meeting with this. It was noticed that they were especially liable to break into "Four legs good, two legs bad" at crucial moments in Snowball's speeches. Snowball had made a close study of some back numbers of the Farmer and Stockbreeder which he had found in the farmhouse, and was full of plans for innovations and improvements. He talked learnedly about field drains, silage, and basic slag, and had worked out a complicated scheme for all the animals to drop their dung directly in the fields, at a different spot every day, to save the labour of cartage. Napoleon produced no schemes of his own, but said quietly that Snowball's would come to nothing, and seemed to be biding his time. But of all their controversies, none was so bitter as the one that took place over the windmill.

In the long pasture, not far from the farm buildings, there was a small knoll which was the highest point on the farm. After surveying the ground, Snowball declared that this was just the place for a windmill, which could be made to operate a dynamo and supply the farm with electrical power. This would light the stalls and warm them in winter, and would also run a circular saw, a chaff-cutter, a mangel-slicer, and an electric milking machine. The animals had never heard of anything of this kind before (for the farm was an old-fashioned one and had only the most primitive machinery), and they listened in astonishment while Snowball conjured up pictures of fantastic machines which would do their work for them while they grazed at their ease in the fields or improved their minds with reading and conversation.

Within a few weeks Snowball's plans for the windmill were fully worked out. The mechanical details came mostly from three books which had belonged to Mr. Jones—*One Thousand Useful Things to Do About the House*, *Every Man His Own Bricklayer*, and *Electricity for Beginners*. Snowball used as his study a shed which had once been used for incubators and had a smooth wooden floor, suitable for drawing on. He was closeted there for hours at a time. With his books held open by a stone, and with a piece of chalk gripped between the knuckles of his trotter, he would move rapidly to and fro, drawing in line after line and uttering little whimpers of excitement. Gradually the plans grew into a complicated mass of cranks and cog-wheels, covering more than half the floor, which the other animals found completely unintelligible but very impressive. All of them came to look at Snowball's drawings at least once a day. Even the hens and ducks came, and were at pains not to tread on the chalk marks. Only Napoleon held aloof. He had declared himself against the windmill from the start. One day, however, he arrived unexpectedly to examine the plans. He walked heavily round the shed, looked closely at every detail of the plans and snuffed at them once or twice, then stood for a little while contemplating them out of the corner of his eye; then suddenly he lifted his leg, urinated over the plans, and walked out without uttering a word.

The whole farm was deeply divided on the subject of the windmill. Snowball did not deny that to build it would be a difficult business. Stone would have to be carried and built up into walls, then the sails would have to be made and after that there would be need for dynamos and cables. (How these were to be procured, Snowball did not say.) But he maintained that it could all be done in a year. And thereafter, he declared, so much labour would be saved that the animals would only need to work three days a week. Napoleon, on the other hand, argued that the great need of the moment was to increase food production, and that if they wasted time on the windmill they would all starve to death. The animals formed themselves into two factions under the slogan, "Vote for Snowball and the three-day week" and "Vote for Napoleon and the full manger." Benjamin was the only animal who did not side with either faction. He refused to believe either that food would become more plentiful or that the windmill would save work. Windmill or no windmill, he said, life would go on as it had always gone on—that is, badly.

Apart from the disputes over the windmill, there was the question of the defence of the farm. It was fully realised that though the human beings had been defeated in the Battle of the Cowshed they might make another and more determined attempt to recapture the farm and reinstate Mr. Jones. They had all the more reason for doing so because the news of their defeat had spread across the countryside and made the animals on the neighbouring farms more restive than ever. As usual, Snowball and Napoleon were in disagreement. According to Napoleon, what the animals must do was to procure firearms and train themselves in the use of them. According to Snowball, they must send out more and more pigeons and stir up rebellion among the animals on the other farms. The one argued that if they could not defend themselves they were bound to be conquered, the other argued that if rebellions happened everywhere they would have no need to defend themselves. The animals listened first to Napoleon, then to Snowball, and could not make up their minds which was right; indeed, they always found themselves in agreement with the one who was speaking at the moment.

At last the day came when Snowball's plans were completed. At the Meeting on the following Sunday the question of whether or not to begin work on the windmill was to be put to the vote. When the animals had assembled in the big barn, Snowball stood up and, though occasionally interrupted by bleating from the sheep, set forth his reasons for advocating the building of the windmill. Then Napoleon stood up to reply. He said very quietly that the windmill was nonsense and that he advised nobody to vote for it, and promptly sat down again; he had spoken for barely thirty seconds, and seemed almost indifferent as to the effect he produced. At this Snowball sprang to his feet, and shouting down the sheep, who had begun bleating again, broke into a passionate appeal in favour of the windmill. Until now the animals had been about equally divided in their sympathies, but in a moment Snowball's eloquence had carried them away. In glowing sentences he painted a picture of Animal Farm as it might be when sordid labour was lifted from the animals' backs. His imagination had now run far beyond chaff-cutters and turnip-slicers. Electricity, he said, could operate threshing machines, ploughs, harrows, rollers, and reapers and binders, besides supplying every stall with its own electric light, hot and cold water, and an electric heater. By the time he had finished speaking, there was no doubt as to which way the vote would go. But just at this moment Napoleon stood up and, casting a peculiar sidelong look at Snowball, uttered a high-pitched whimper of a kind no one had ever heard him utter before.

At this there was a terrible baying sound outside, and nine enormous dogs wearing brass-studded collars came bounding into the barn. They dashed straight for Snowball, who only sprang from his place just in time to escape their snapping jaws. In a moment he was out of the door and they were after him. Too amazed and frightened to speak, all the animals crowded through the door to watch the chase. Snowball was racing across the long pasture that led to the road. He was running as only a pig can run, but the dogs were close on his heels. Suddenly he slipped and it seemed certain that they had him. Then he was up again, running faster than ever, then the dogs were gaining on him again. One of them all but closed his jaws on Snowball's tail, but Snowball whisked it free just in time. Then he put on an extra spurt and, with a few inches to spare, slipped through a hole in the hedge and was seen no more.

Silent and terrified, the animals crept back into the barn. In a moment the dogs came bounding back. At first no one had been able to imagine where these creatures came from, but the problem was soon solved: they were the puppies whom Napoleon had taken away from their mothers and reared privately. Though not yet full-grown, they were huge dogs, and as fierce-looking as wolves. They kept close to Napoleon. It was noticed that they wagged their tails to him in the same way as the other dogs had been used to do to Mr. Jones.

Napoleon, with the dogs following him, now mounted on to the raised portion of the floor where Major had previously stood to deliver his speech. He announced that from now on the Sunday-morning Meetings would come to an end. They were unnecessary, he said, and wasted time. In future all questions relating to the working of the farm would be settled by a special committee of pigs, presided over by himself. These would meet in private and afterwards communicate their decisions to the others. The animals would still assemble on Sunday mornings to salute the flag, sing *Beasts of England*, and receive their orders for the week; but there would be no more debates.

In spite of the shock that Snowball's expulsion had given them, the animals were dismayed by this announcement. Several of them would have protested if they could have found the right arguments. Even Boxer was vaguely troubled. He set his ears back, shook his forelock several times, and tried hard to marshal his thoughts; but in the end he could not think of anything to say. Some of the pigs themselves, however, were more articulate. Four young porkers in the front row uttered shrill squeals of disapproval, and all four of them sprang to their feet and began speaking at once. But suddenly the dogs sitting round Napoleon let out deep, menacing growls, and the pigs fell silent and sat down again. Then the sheep broke out into a tremendous bleating of "Four legs good, two legs bad!" which went on for nearly a quarter of an hour and put an end to any chance of discussion.

Afterwards Squealer was sent round the farm to explain the new arrangement to the others.

"Comrades," he said, "I trust that every animal here appreciates the sacrifice that Comrade Napoleon has made in taking this extra labour upon himself. Do not imagine, comrades, that leadership is a pleasure! On the contrary, it is a deep and heavy responsibility. No one believes more firmly than Comrade Napoleon that all animals are equal. He would be only too happy to let you make your decisions for yourselves. But sometimes you might make the wrong decisions, comrades, and then where should we be? Suppose you had decided to follow Snowball, with his moonshine of windmills—Snowball, who, as we now know, was no better than a criminal?"

"He fought bravely at the Battle of the Cowshed," said somebody.

"Bravery is not enough," said Squealer. "Loyalty and obedience are more important. And as to the Battle of the Cowshed, I believe the time will come when we shall find that Snowball's part in it was much exaggerated. Discipline, comrades, iron discipline! That is the watchword for today. One false step, and our enemies would be upon us. Surely, comrades, you do not want Jones back?"

Once again this argument was unanswerable. Certainly the animals did not want Jones back; if the holding of debates on Sunday mornings was liable to bring him back, then the debates must stop. Boxer, who had now had time to think things over, voiced the general feeling by saying: "If Comrade Napoleon says it, it must be right." And from then on he adopted the maxim, "Napoleon is always right," in addition to his private motto of "I will work harder."

By this time the weather had broken and the spring ploughing had begun. The shed where Snowball had drawn his plans of the windmill had been shut up and it was assumed that the plans had been rubbed off the floor. Every Sunday morning at ten o'clock the animals assembled in the big barn to receive their orders for the week. The skull of old Major, now clean of flesh, had been disinterred from the orchard and set up on a stump at the foot of the flagstaff, beside the gun. After the hoisting of the flag, the animals were required to file past the skull in a reverent manner before entering the barn. Nowadays they did not sit all together as they had done in the past. Napoleon, with Squealer and another pig named Minimus, who had a remarkable gift for composing songs and poems, sat on the front of the raised platform, with the nine young dogs forming a semicircle round them, and the other pigs sitting behind. The rest of the animals sat facing them in the main body of the barn. Napoleon read out the orders for the week in a gruff soldierly style, and after a single singing of *Beasts of England*, all the animals dispersed.

On the third Sunday after Snowball's expulsion, the animals were somewhat surprised to hear Napoleon announce that the windmill was to be built after all. He did not give any reason for having changed his mind, but merely warned the animals that this extra task would mean very hard work, it might even be necessary to reduce their rations. The plans, however, had all been prepared, down to the last detail. A special committee of pigs had been at work upon them for the past three weeks. The building of the windmill, with various other improvements, was expected to take two years.

That evening Squealer explained privately to the other animals that Napoleon had never in reality been opposed to the windmill. On the contrary, it was he who had advocated it in the beginning, and the plan which Snowball had drawn on the floor of the incubator shed had actually been stolen from among Napoleon's papers. The windmill was, in fact, Napoleon's own creation. Why, then, asked somebody, had he spoken so strongly against it? Here Squealer looked very sly. That, he said, was Comrade Napoleon's cunning. He had seemed to oppose the windmill, simply as a manoeuvre to get rid of Snowball, who was a dangerous character and a bad influence. Now that Snowball was out of the way, the plan could go forward without his interference. This, said Squealer, was something called tactics. He repeated a number of times, "Tactics, comrades, tactics!" skipping round and whisking his tail with a merry laugh. The animals were not certain what the word meant, but Squealer spoke so persuasively, and the three dogs who happened to be with him growled so threateningly, that they accepted his explanation without further questions.

# Chapter 6

All that year the animals worked like slaves. But they were happy in their work; they grudged no effort or sacrifice, well aware that everything that they did was for the benefit of themselves and those of their kind who would come after them, and not for a pack of idle, thieving human beings.

Throughout the spring and summer they worked a sixty-hour week, and in August Napoleon announced that there would be work on Sunday afternoons as well. This work was strictly voluntary, but any animal who absented himself from it would have his rations reduced by half. Even so, it was found necessary to leave certain tasks undone. The harvest was a little less successful than in the previous year, and two fields which should have been sown with roots in the early summer were not sown because the ploughing had not been completed early enough. It was possible to foresee that the coming winter would be a hard one.

The windmill presented unexpected difficulties. There was a good quarry of limestone on the farm, and plenty of sand and cement had been found in one of the outhouses, so that all the materials for building were at hand. But the problem the animals could not at first solve was how to break up the stone into pieces of suitable size. There seemed no way of doing this except with picks and crowbars, which no animal could use, because no animal could stand on his hind legs. Only after weeks of vain effort did the right idea occur to somebody namely, to utilise the force of gravity. Huge boulders, far too big to be used as they were, were lying all over the bed of the quarry. The animals lashed ropes round these, and then all together, cows, horses, sheep, any animal that could lay hold of the rope—even the pigs sometimes joined in at critical moments—they dragged them with desperate slowness up the slopc to the top of the quarry, where they were toppled over the edge, to shatter to pieces below. Transporting the stone when it was once broken was comparatively simple. The horses carried it off in cart-loads, the sheep dragged single blocks, even Muriel and Benjamin yoked themselves into an old governess-cart and did their share. By late summer a sufficient store of stone had accumulated, and then the building began, under the superintendence of the pigs.

But it was a slow, laborious process. Frequently it took a whole day of exhausting effort to drag a single boulder to the top of the quarry, and sometimes when it was pushed over the edge it failed to break. Nothing could have been achieved without Boxer, whose strength seemed equal to that of all the rest of the animals put together. When the boulder began to slip and the animals cried out in despair at finding themselves dragged down the hill, it was always Boxer who strained himself against the rope and brought the boulder to a stop. To see him toiling up the slope inch by inch, his breath coming fast, the tips of his hoofs clawing at the ground, and his great sides matted with sweat, filled everyone with admiration. Clover warned him sometimes to be careful not to overstrain himself, but Boxer would never listen to her. His two slogans, "I will work harder" and "Napoleon is always right," seemed to him a sufficient answer to all problems. He had made arrangements with the cockerel to call him three-quarters of an hour earlier in the mornings instead of half an hour. And in his spare moments, of which there were not many nowadays, he would go alone to the quarry, collect a load of broken stone, and drag it down to the site of the windmill unassisted.

The animals were not badly off throughout that summer, in spite of the hardness of their work. If they had no more food than they had had in Jones's day, at least they did not have less. The advantage of only having to feed themselves, and not having to support five extravagant human beings as well, was so great that it would have taken a lot of failures to outweigh it. And in many ways the animal method of doing things was more efficient and saved labour. Such jobs as weeding, for instance, could be done with a thoroughness impossible to human beings. And again, since no animal now stole, it was unnecessary to fence off pasture from arable land, which saved a lot of labour on the upkeep of hedges and gates. Nevertheless, as the summer wore on, various unforeseen shortages began to make them selves felt. There was need of paraffin oil, nails, string, dog biscuits, and iron for the horses' shoes, none of which could be produced on the farm. Later there would also be need for seeds and artificial manures, besides various tools and, finally, the machinery for the windmill. How these were to be procured, no one was able to imagine.

One Sunday morning, when the animals assembled to receive their orders, Napoleon announced that he had decided upon a new policy. From now onwards Animal Farm would engage in trade with the neighbouring farms: not, of course, for any commercial purpose, but simply in order to obtain certain materials which were urgently necessary. The needs of the windmill must override everything else, he said. He was therefore making arrangements to sell a stack of hay and part of the current year's wheat crop, and later on, if more money were needed, it would have to be made up by the sale of eggs, for which there was always a market in Willingdon. The hens, said Napoleon, should welcome this sacrifice as their own special contribution towards the building of the windmill.

Once again the animals were conscious of a vague uneasiness. Never to have any dealings with human beings, never to engage in trade, never to make use of money—had not these been among the earliest resolutions passed at that first triumphant Meeting after Jones was expelled? All the animals remembered passing such resolutions: or at least they thought that they remembered it. The four young pigs who had protested when Napoleon abolished the Meetings raised their voices timidly, but they were promptly silenced by a tremendous growling from the dogs. Then, as usual, the sheep broke into "Four legs good, two legs bad!" and the momentary awkwardness was smoothed over. Finally Napoleon raised his trotter for silence and announced that he had already made all the arrangements. There would be no need for any of the animals to come in contact with human beings, which would clearly be most undesirable. He intended to take the whole burden upon his own shoulders. A Mr. Whymper, a solicitor living in Willingdon, had agreed to act as intermediary between Animal Farm and the outside world, and would visit the farm every Monday morning to receive his instructions. Napoleon ended his speech with his usual cry of "Long live Animal Farm!" and after the singing of *Beasts of England* the animals were dismissed.

Afterwards Squealer made a round of the farm and set the animals' minds at rest. He assured them that the resolution against engaging in trade and using money had never been passed, or even suggested. It was pure imagination, probably traceable in the beginning to lies circulated by Snowball. A few animals still felt faintly doubtful, but Squealer asked them shrewdly, "Are you certain that this is not something that you have dreamed, comrades? Have you any record of such a resolution? Is it written down anywhere?" And since it was certainly true that nothing of the kind existed in writing, the animals were satisfied that they had been mistaken.

Every Monday Mr. Whymper visited the farm as had been arranged. He was a sly-looking little man with side whiskers, a solicitor in a very small way of business, but sharp enough to have realised earlier than anyone else that Animal Farm would need a broker and that the commissions would be worth having. The animals watched his coming and going with a kind of dread, and avoided him as much as possible. Nevertheless, the sight of Napoleon, on all fours, delivering orders to Whymper, who stood on two legs, roused their pride and partly reconciled them to the new arrangement. Their relations with the human race were now not quite the same as they had been before. The human beings did not hate Animal Farm any less now that it was prospering; indeed, they hated it more than ever. Every human being held it as an article of faith that the farm would go bankrupt sooner or later, and, above all, that the windmill would be a failure. They would meet in the public-houses and prove to one another by means of diagrams that the windmill was bound to fall down, or that if it did stand up, then that it would never work. And yet, against their will, they had developed a certain respect for the efficiency with which the animals were managing their own affairs. One symptom of this was that they had begun to call Animal Farm by its proper name and ceased to pretend that it was called the Manor Farm. They had also dropped their championship of Jones, who had given up hope of getting his farm back and gone to live in another part of the county. Except through Whymper, there was as yet no contact between Animal Farm and the outside world, but there were constant rumours that Napoleon was about to enter into a definite business agreement either with Mr. Pilkington of Foxwood or with Mr. Frederick of Pinchfield—but never, it was noticed, with both simultaneously.

It was about this time that the pigs suddenly moved into the farmhouse and took up their residence there. Again the animals seemed to remember that a resolution against this had been passed in the early days, and again Squealer was able to convince them that this was not the case. It was absolutely necessary, he said, that the pigs, who were the brains of the farm, should have a quiet place to work in. It was also more suited to the dignity of the Leader (for of late he had taken to speaking of Napoleon under the title of "Leader") to live in a house than in a mere sty. Nevertheless, some of the animals were disturbed when they heard that the pigs not only took their meals in the kitchen and used the drawing-room as a recreation room, but also slept in the beds. Boxer passed it off as usual with "Napoleon is always right!", but Clover, who thought she remembered a definite ruling against beds, went to the end of the barn and tried to puzzle out the Seven Commandments which were inscribed there. Finding herself unable to read more than individual letters, she fetched Muriel.

"Muriel," she said, "read me the Fourth Commandment. Does it not say something about never sleeping in a bed?"

With some difficulty Muriel spelt it out.

"It says, 'No animal shall sleep in a bed with sheets,'" she announced finally.

Curiously enough, Clover had not remembered that the Fourth Commandment mentioned sheets; but as it was there on the wall, it must have done so. And Squealer, who happened to be passing at this moment, attended by two or three dogs, was able to put the whole matter in its proper perspective.

"You have heard then, comrades," he said, "that we pigs now sleep in the beds of the farmhouse? And why not? You did not suppose, surely, that there was ever a ruling against beds? A bed merely means a place to sleep in. A pile of straw in a stall is a bed, properly regarded. The rule was against sheets, which are a human invention. We have removed the sheets from the farmhouse beds, and sleep between blankets. And very comfortable beds they are too! But not more comfortable than we need, I can tell you, comrades, with all the brainwork we have to do nowadays. You would not rob us of our repose, would you, comrades? You would not have us too tired to carry out our duties? Surely none of you wishes to see Jones back?"

The animals reassured him on this point immediately, and no more was said about the pigs sleeping in the farmhouse beds. And when, some days afterwards, it was announced that from now on the pigs would get up an hour later in the mornings than the other animals, no complaint was made about that either.

By the autumn the animals were tired but happy. They had had a hard year, and after the sale of part of the hay and corn, the stores of food for the winter were none too plentiful, but the windmill compensated for everything. It was almost half built now. After the harvest there was a stretch of clear dry weather, and the animals toiled harder than ever, thinking it well worth while to plod to and fro all day with blocks of stone if by doing so they could raise the walls another foot. Boxer would even come out at nights and work for an hour or two on his own by the light of the harvest moon. In their spare moments the animals would walk round and round the half-finished mill, admiring the strength and perpendicularity of its walls and marvelling that they should ever have been able to build anything so imposing. Only old Benjamin refused to grow enthusiastic about the windmill, though, as usual, he would utter nothing beyond the cryptic remark that donkeys live a long time.

November came, with raging south-west winds. Building had to stop because it was now too wet to mix the cement. Finally there came a night when the gale was so violent that the farm buildings rocked on their foundations and several tiles were blown off the roof of the barn. The hens woke up squawking with terror because they had all dreamed simultaneously of hearing a gun go off in the distance. In the morning the animals came out of their stalls to find that the flagstaff had been blown down and an elm tree at the foot of the orchard had been plucked up like a radish. They had just noticed this when a cry of despair broke from every animal's throat. A terrible sight had met their eyes. The windmill was in ruins.

With one accord they dashed down to the spot. Napoleon, who seldom moved out of a walk, raced ahead of them all. Yes, there it lay, the fruit of all their struggles, levelled to its foundations, the stones they had broken and carried so laboriously scattered all around. Unable at first to speak, they stood gazing mournfully at the litter of fallen stone Napoleon paced to and fro in silence, occasionally snuffing at the ground. His tail had grown rigid and twitched sharply from side to side, a sign in him of intense mental activity. Suddenly he halted as though his mind were made up.

"Comrades," he said quietly, "do you know who is responsible for this? Do you know the enemy who has come in the night and overthrown our windmill? SNOWBALL!" he suddenly roared in a voice of thunder. "Snowball has done this thing! In sheer malignity, thinking to set back our plans and avenge himself for his ignominious expulsion, this traitor has crept here under cover of night and destroyed our work of nearly a year. Comrades, here and now I pronounce the death sentence upon Snowball. 'Animal Hero, Second Class,' and half a bushel of apples to any animal who brings him to justice. A full bushel to anyone who captures him alive!"

The animals were shocked beyond measure to learn that even Snowball could be guilty of such an action. There was a cry of indignation, and everyone began thinking out ways of catching Snowball if he should ever come back. Almost immediately the footprints of a pig were discovered in the grass at a little distance from the knoll. They could only be traced for a few yards, but appeared to lead to a hole in the hedge. Napoleon snuffed deeply at them and pronounced them to be Snowball's. He gave it as his opinion that Snowball had probably come from the direction of Foxwood Farm.

"No more delays, comrades!" cried Napoleon when the footprints had been examined. "There is work to be done. This very morning we begin rebuilding the windmill, and we will build all through the winter, rain or shine. We will teach this miserable traitor that he cannot undo our work so easily. Remember, comrades, there must be no alteration in our plans: they shall be carried out to the day. Forward, comrades! Long live the windmill! Long live Animal Farm!"

# Chapter 7

It was a bitter winter. The stormy weather was followed by sleet and snow, and then by a hard frost which did not break till well into February. The animals carried on as best they could with the rebuilding of the windmill, well knowing that the outside world was watching them and that the envious human beings would rejoice and triumph if the mill were not finished on time.

Out of spite, the human beings pretended not to believe that it was Snowball who had destroyed the windmill: they said that it had fallen down because the walls were too thin. The animals knew that this was not the case. Still, it had been decided to build the walls three feet thick this time instead of eighteen inches as before, which meant collecting much larger quantities of stone. For a long time the quarry was full of snowdrifts and nothing could be done. Some progress was made in the dry frosty weather that followed, but it was cruel work, and the animals could not feel so hopeful about it as they had felt before. They were always cold, and usually hungry as well. Only Boxer and Clover never lost heart. Squealer made excellent speeches on the joy of service and the dignity of labour, but the other animals found more inspiration in Boxer's strength and his never-failing cry of "I will work harder!"

In January food fell short. The corn ration was drastically reduced, and it was announced that an extra potato ration would be issued to make up for it. Then it was discovered that the greater part of the potato crop had been frosted in the clamps, which had not been covered thickly enough. The potatoes had become soft and discoloured, and only a few were edible. For days at a time the animals had nothing to eat but chaff and mangels. Starvation seemed to stare them in the face.

It was vitally necessary to conceal this fact from the outside world. Emboldened by the collapse of the windmill, the human beings were inventing fresh lies about Animal Farm. Once again it was being put about that all the animals were dying of famine and disease, and that they were continually fighting among themselves and had resorted to cannibalism and infanticide. Napoleon was well aware of the bad results that might follow if the real facts of the food situation were known, and he decided to make use of Mr. Whymper to spread a contrary impression. Hitherto the animals had had little or no contact with Whymper on his weekly visits: now, however, a few selected animals, mostly sheep, were instructed to remark casually in his hearing that rations had been increased. In addition, Napoleon ordered the almost empty bins in the store-shed to be filled nearly to the brim with sand, which was then covered up with what remained of the grain and meal. On some suitable pretext Whymper was led through the store-shed and allowed to catch a glimpse of the bins. He was deceived, and continued to report to the outside world that there was no food shortage on Animal Farm.

Nevertheless, towards the end of January it became obvious that it would be necessary to procure some more grain from somewhere. In these days Napoleon rarely appeared in public, but spent all his time in the farmhouse, which was guarded at each door by fierce-looking dogs. When he did emerge, it was in a ceremonial manner, with an escort of six dogs who closely surrounded him and growled if anyone came too near. Frequently he did not even appear on Sunday mornings, but issued his orders through one of the other pigs, usually Squealer.

One Sunday morning Squealer announced that the hens, who had just come in to lay again, must surrender their eggs. Napoleon had accepted, through Whymper, a contract for four hundred eggs a week. The price of these would pay for enough grain and meal to keep the farm going till summer came on and conditions were easier.

When the hens heard this, they raised a terrible outcry. They had been warned earlier that this sacrifice might be necessary, but had not believed that it would really happen. They were just getting their clutches ready for the spring sitting, and they protested that to take the eggs away now was murder. For the first time since the expulsion of Jones, there was something resembling a rebellion. Led by three young Black Minorca pullets, the hens made a determined effort to thwart Napoleon's wishes. Their method was to fly up to the rafters and there lay their eggs, which smashed to pieces on the floor. Napoleon acted swiftly and ruthlessly. He ordered the hens' rations to be stopped, and decreed that any animal giving so much as a grain of corn to a hen should be punished by death. The dogs saw to it that these orders were carried out. For five days the hens held out, then they capitulated and went back to their nesting boxes. Nine hens had died in the meantime. Their bodies were buried in the orchard, and it was given out that they had died of coccidiosis. Whymper heard nothing of this affair, and the eggs were duly delivered, a grocer's van driving up to the farm once a week to take them away.

All this while no more had been seen of Snowball. He was rumoured to be hiding on one of the neighbouring farms, either Foxwood or Pinchfield. Napoleon was by this time on slightly better terms with the other farmers than before. It happened that there was in the yard a pile of timber which had been stacked there ten years earlier when a beech spinney was cleared. It was well seasoned, and Whymper had advised Napoleon to sell it;

both Mr. Pilkington and Mr. Frederick were anxious to buy it. Napoleon was hesitating between the two, unable to make up his mind. It was noticed that whenever he seemed on the point of coming to an agreement with Frederick, Snowball was declared to be in hiding at Foxwood, while, when he inclined toward Pilkington, Snowball was said to be at Pinchfield.

Suddenly, early in the spring, an alarming thing was discovered. Snowball was secretly frequenting the farm by night! The animals were so disturbed that they could hardly sleep in their stalls. Every night, it was said, he came creeping in under cover of darkness and performed all kinds of mischief. He stole the corn, he upset the milk-pails, he broke the eggs, he trampled the seedbeds, he gnawed the bark off the fruit trees. Whenever anything went wrong it became usual to attribute it to Snowball. If a window was broken or a drain was blocked up, someone was certain to say that Snowball had come in the night and done it, and when the key of the store-shed was lost, the whole farm was convinced that Snowball had thrown it down the well. Curiously enough, they went on believing this even after the mislaid key was found under a sack of meal. The cows declared unanimously that Snowball crept into their stalls and milked them in their sleep. The rats, which had been troublesome that winter, were also said to be in league with Snowball.

Napoleon decreed that there should be a full investigation

into Snowball's activities. With his dogs in attendance he set out and made a careful tour of inspection of the farm buildings, the other animals following at a respectful distance. At every few steps Napoleon stopped and snuffed the ground for traces of Snowball's footsteps, which, he said, he could detect by the smell. He snuffed in every corner, in the barn, in the cow-shed, in the henhouses, in the vegetable garden, and found traces of Snowball almost everywhere. He would put his snout to the ground, give several deep sniffs, ad exclaim in a terrible voice, "Snowball! He has been here! I can smell him distinctly!" and at the word "Snowball" all the dogs let out blood-curdling growls and showed their side teeth.

The animals were thoroughly frightened. It seemed to them as though Snowball were some kind of invisible influence, pervading the air about them and menacing them with all kinds of dangers. In the evening Squealer called them together, and with an alarmed expression on his face told them that he had some serious news to report.

"Comrades!" cried Squealer, making little nervous skips, "a most terrible thing has been discovered. Snowball has sold himself to Frederick of Pinchfield Farm, who is even now plotting to attack us and take our farm away from us! Snowball is to act as his guide when the attack begins. But there is worse than that. We had thought that Snowball's rebellion was caused simply by his vanity and ambition. But we were wrong, comrades. Do you know what the real reason was? Snowball was in league with Jones from the very start! He was Jones's secret agent all the time. It has all been proved by documents which he left behind him and which we have only just discovered. To my mind this explains a great deal, comrades. Did we not see for ourselves how he attempted fortunately without success to get us defeated and destroyed at the Battle of the Cowshed?"

The animals were stupefied. This was a wickedness far outdoing Snowball's destruction of the windmill. But it was some minutes before they could fully take it in. They all remembered, or thought they remembered, how they had seen Snowball charging ahead of them at the Battle of the Cowshed, how he had rallied and encouraged them at every turn, and how he had not paused for an instant even when the pellets from Jones's gun had wounded his back. At first it was a little difficult to see how this fitted in with his being on Jones's side. Even Boxer, who seldom asked questions, was puzzled. He lay down, tucked his fore hoofs beneath him, shut his eyes, and with a hard effort managed to formulate his thoughts.

"I do not believe that," he said. "Snowball fought bravely at the Battle of the Cowshed. I saw him myself. Did we not give him 'Animal Hero, first Class,' immediately afterwards?"

"That was our mistake, comrade. For we know now it is all

written down in the secret documents that we have found that in reality he was trying to lure us to our doom."

"But he was wounded," said Boxer. "We all saw him running with blood."

"That was part of the arrangement!" cried Squealer. "Jones's shot only grazed him. I could show you this in his own writing, if you were able to read it. The plot was for Snowball, at the critical moment, to give the signal for flight and leave the field to the enemy. And he very nearly succeeded, I will even say, comrades, he would have succeeded if it had not been for our heroic Leader, Comrade Napoleon. Do you not remember how, just at the moment when Jones and his men had got inside the yard, Snowball suddenly turned and fled, and many animals followed him? And do you not remember, too, that it was just at that moment, when panic was spreading and all seemed lost, that Comrade Napoleon sprang forward with a cry of 'Death to Humanity!' and sank his teeth in Jones's leg? Surely you remember that, comrades?" exclaimed Squealer, frisking from side to side.

Now when Squealer described the scene so graphically, it seemed to the animals that they did remember it. At any rate, they remembered that at the critical moment of the battle Snowball had turned to flee. But Boxer was still a little uneasy.

"I do not believe that Snowball was a traitor at the beginning," he said finally. "What he has done since is different. But I believe that at the Battle of the Cowshed he was a good comrade."

"Our Leader, Comrade Napoleon," announced Squealer, speaking very slowly and firmly, "has stated categorically, comrade, that Snowball was Jones's agent from the very beginning, yes, and from long before the Rebellion was ever thought of."

"Ah, that is different!" said Boxer. "If Comrade Napoleon says it, it must be right."

"That is the true spirit, comrade!" cried Squealer, but it was noticed he cast a very ugly look at Boxer with his little twinkling eyes. He turned to go, then paused and added impressively: "I warn every animal on this farm to keep his eyes very wide open. For we have reason to think that some of Snowball's secret agents are lurking among us at this moment!"

Four days later, in the late afternoon, Napoleon ordered all the animals to assemble in the yard. When they were all gathered together, Napoleon emerged from the farmhouse, wearing both his medals (for he had recently awarded himself "Animal Hero, First Class," and "Animal Hero, Second Class"), with his nine huge dogs frisking round him and uttering growls that sent shivers down all the animals' spines. They all cowered silently in their places, seeming to know in advance that some terrible thing was about to happen.

Napoleon stood sternly surveying his audience; then he uttered a high-pitched whimper. Immediately the dogs bounded forward, seized four of the pigs by the ear and dragged them, squealing with pain and terror, to Napoleon's feet. The pigs' ears were bleeding, the dogs had tasted blood, and for a few moments they appeared to go quite mad. To the amazement of everybody, three of them flung themselves upon Boxer. Boxer saw them coming and put out his great hoof, caught a dog in mid-air, and pinned him to the ground. The dog shrieked for mercy and the other two fled with their tails between their legs. Boxer looked at Napoleon to know whether he should crush the dog to death or let it go. Napoleon appeared to change countenance, and sharply ordered Boxer to let the dog go, whereat Boxer lifted his hoof, and the dog slunk away, bruised and howling.

Presently the tumult died down. The four pigs waited, trembling, with guilt written on every line of their countenances. Napoleon now called upon them to confess their crimes. They were the same four pigs as had protested when Napoleon abolished the Sunday Meetings. Without any further prompting they confessed that they had been secretly in touch with Snowball ever since his expulsion, that they had collaborated with him in destroying the windmill, and that they had entered into an agreement with him to hand over Animal Farm to Mr. Frederick. They added that Snowball had privately admitted to them that he had been Jones's secret agent for years past. When they had finished their confession, the dogs promptly tore their throats out, and in a terrible voice Napoleon demanded whether any other animal had anything to confess.

The three hens who had been the ringleaders in the attempted rebellion over the eggs now came forward and stated that Snowball had appeared to them in a dream and incited them to disobey Napoleon's orders. They, too, were slaughtered. Then a goose came forward and confessed to having secreted six ears of corn during the last year's harvest and eaten them in the night. Then a sheep confessed to having urinated in the drinking pool—urged to do this, so she said, by Snowball, and two other sheep confessed to having murdered an old ram, an especially devoted follower of Napoleon, by chasing him round and round a bonfire when he was suffering from a cough. They were all slain on the spot. And so the tale of confessions and executions went on, until there was a pile of corpses lying before Napoleon's feet and the air was heavy with the smell of blood, which had been unknown there since the expulsion of Jones.

When it was all over, the remaining animals, except for the pigs and dogs, crept away in a body. They were shaken and miserable. They did not know which was more shocking—the treachery of the animals who had leagued themselves with Snowball, or the cruel retribution they had just witnessed. In the old days there had often been scenes of bloodshed equally terrible, but it seemed to all of them that it was far worse now that it was happening among themselves. Since Jones had left the farm, until today, no animal had killed another animal. Not even a rat had been killed. They had made their way on to the little knoll where the half-finished windmill stood, and with one accord they all lay down as though huddling together for warmth, Clover, Muriel, Benjamin, the cows, the sheep, and a whole flock of geese and hens, everyone, indeed, except the cat, who had suddenly disappeared just before Napoleon ordered the animals to assemble. For some time nobody spoke. Only Boxer remained on his feet. He fidgcted to and fro, swishing his long black tail against his sides and occasionally uttering a little whinny of surprise. Finally he said:

"I do not understand it. I would not have believed that such things could happen on our farm. It must be due to some fault in ourselves. The solution, as I see it, is to work harder. From now onwards I shall get up a full hour earlier in the mornings."

And he moved off at his lumbering trot and made for the quarry. Having got there, he collected two successive loads of stone and dragged them down to the windmill before retiring for the night.

The animals huddled about Clover, not speaking. The knoll where they were lying gave them a wide prospect across the countryside. Most of Animal Farm was within their view—the long pasture stretching down to the main road, the hayfield, the spinney, the drinking pool, the ploughed fields where the young wheat was thick and green, and the red roofs of the farm buildings with the smoke curling from the chimneys. It was a clear spring evening. The grass and the bursting hedges were gilded by the level rays of the sun. Never had the farm, and with a kind of surprise they remembered that it was their own farm, every inch of it their own property—appeared to the animals so desirable a place. As Clover looked down the hillside her eyes filled with tears. If she could have spoken her thoughts, it would have been to say that this was not what they had aimed at when they had set themselves years ago to work for the overthrow of the human race. These scenes of terror and slaughter were not what they had looked forward to on that night when old Major first stirred them to rebellion. If she herself had had any picture of the future, it had been of a society of animals set free from hunger and the whip, all equal, each working according to his capacity, the strong protecting the weak, as she had protected the lost brood of ducklings with her foreleg on the night of Major's speech. Instead, she did not know why they had come to a time when no one dared speak his mind, when fierce, growling dogs roamed everywhere, and when you had to watch your comrades torn to pieces after confessing to shocking crimes.

There was no thought of rebellion or disobedience in her mind. She knew that, even as things were, they were far better off than they had been in the days of Jones, and that before all else it was needful to prevent the return of the human beings. Whatever happened she would remain faithful, work hard, carry out the orders that were given to her, and accept the leadership of Napoleon. But still, it was not for this that she and all the other animals had hoped and toiled. It was not for this that they had built the windmill and faced the bullets of Jones's gun. Such were her thoughts, though she lacked the words to express them.

At last, feeling this to be in some way a substitute for the words she was unable to find, she began to sing *Beasts of England*. The other animals sitting round her took it up, and they sang it three times over, very tunefully, but slowly and mournfully, in a way they had never sung it before.

They had just finished singing it for the third time when Squealer, attended by two dogs, approached them with the air of having something important to say. He announced that, by a special decree of Comrade Napoleon, *Beasts of England* had been abolished. From now onwards it was forbidden to sing it.

The animals were taken aback.

"Why?" cried Muriel.

"It's no longer needed, comrade," said Squealer stiffly.

"*Beasts of England* was the song of the Rebellion. But the Rebellion is now completed. The execution of the traitors this afternoon was the final act. The enemy both external and internal has been defeated. In *Beasts of England* we expressed our longing for a better society in days to come. But that society has now been established. Clearly this song has no longer any purpose."

Frightened though they were, some of the animals might possibly have protested, but at this moment the sheep set up their usual bleating of "Four legs good, two legs bad," which went on for several minutes and put an end to the discussion.

So *Beasts of England* was heard no more. In its place Minimus, the poet, had composed another song which began:

Animal Farm, Animal Farm,

Never through me shalt thou come to harm!

and this was sung every Sunday morning after the hoisting of the flag. But somehow neither the words nor the tune ever seemed to the animals to come up to *Beasts of England*.

# Chapter 8

A few days later, when the terror caused by the executions had died down, some of the animals remembered—or thought they remembered—that the Sixth Commandment decreed "No animal shall kill any other animal." And though no one cared to mention it in the hearing of the pigs or the dogs, it was felt that the killings which had taken place did not square with this. Clover asked Benjamin to read her the Sixth Commandment, and when Benjamin, as usual, said that he refused to meddle in such matters, she fetched Muriel. Muriel read the Commandment for her. It ran: "No animal shall kill any other animal without cause." Somehow or other, the last two words had slipped out of the animals' memory. But they saw now that the Commandment had not been violated; for clearly there was good reason for killing the traitors who had leagued themselves with Snowball.

Throughout the year the animals worked even harder than they had worked in the previous year to rebuild the windmill, with walls twice as thick as before, and to finish it by the appointed date, together with the regular work of the farm, was a tremendous labour. There were times when it seemed to the animals that they worked longer hours and fed no better than they had done in Jones's day. On Sunday mornings Squealer, holding down a long strip of paper with his trotter, would read out to them lists of figures proving that the production of every class of foodstuff had increased by two hundred per cent, three hundred per cent, or five hundred per cent, as the case might be. The animals saw no reason to disbelieve him, especially as they could no longer remember very clearly what conditions had been like before the Rebellion. All the same, there were days when they felt that they would sooner have had less figures and more food.

All orders were now issued through Squealer or one of the other pigs. Napoleon himself was not seen in public as often as once in a fortnight. When he did appear, he was attended not only by his retinue of dogs but by a black cockerel who marched in front of him and acted as a kind of trumpeter, letting out a loud "cock-a-doodle-doo" before Napoleon spoke. Even in the farmhouse, it was said, Napoleon inhabited separate apartments from the others. He took his meals alone, with two dogs to wait upon him, and always ate from the Crown Derby dinner service which had been in the glass cupboard in the drawing-room. It was also announced that the gun would be fired every year on

Napoleon's birthday, as well as on the other two anniversaries.

Napoleon was now never spoken of simply as "Napoleon." He was always referred to in formal style as "our Leader, Comrade Napoleon," and the pigs liked to invent for him such titles as Father of All Animals, Terror of Mankind, Protector of the Sheep-fold, Ducklings' Friend, and the like. In his speeches, Squealer would talk with the tears rolling down his cheeks of Napoleon's wisdom, the goodness of his heart, and the deep love he bore to all animals everywhere, even and especially the unhappy animals who still lived in ignorance and slavery on other farms. It had become usual to give Napoleon the credit for every successful achievement and every stroke of good fortune. You would often hear one hen remark to another, "Under the guidance of our Leader, Comrade Napoleon, I have laid five eggs in six days"; or two cows, enjoying a drink at the pool, would exclaim, "Thanks to the leadership of Comrade Napoleon, how excellent this water tastes!" The general feeling on the farm was well expressed in a poem entitled Comrade Napoleon, which was composed by Minimus and which ran as follows:

*Friend of fatherless!*
*Fountain of happiness!*
*Lord of the swill-bucket! Oh, how my soul is on*
*Fire when I gaze at thy*

*Calm and commanding eye,*
*Like the sun in the sky,*
*Comrade Napoleon!*
*Thou are the giver of*
*All that thy creatures love,*
*Full belly twice a day, clean straw to roll upon;*
*Every beast great or small*
*Sleeps at peace in his stall,*
*Thou watchest over all,*
*Comrade Napoleon!*
*Had I a sucking-pig,*
*Ere he had grown as big*
*Even as a pint bottle or as a rolling-pin,*
*He should have learned to be*
*Faithful and true to thee,*
*Yes, his first squeak should be*
"*Comrade Napoleon!*"

Napoleon approved of this poem and caused it to be inscribed on the wall of the big barn, at the opposite end from the Seven Commandments. It was surmounted by a portrait of Napoleon, in profile, executed by Squealer in white paint.

Meanwhile, through the agency of Whymper, Napoleon was engaged in complicated negotiations with Frederick and Pilkington. The pile of timber was still unsold. Of the two, Frederick was the more anxious to get hold of it, but he would not offer a reasonable price. At the same time there were renewed rumours that Frederick and his men were plotting to attack Animal Farm and to destroy the windmill, the building of which had aroused furious jealousy in him. Snowball was known to be still skulking on Pinchfield Farm. In the middle of the summer the animals were alarmed to hear that three hens had come forward and confessed that, inspired by Snowball, they had entered into a plot to murder Napoleon. They were executed immediately, and fresh precautions for Napoleon's safety were taken. Four dogs guarded his bed at night, one at each corner, and a young pig named Pinkeye was given the task of tasting all his food before he ate it, lest it should be poisoned.

At about the same time it was given out that Napoleon had arranged to sell the pile of timber to Mr. Pilkington; he was also going to enter into a regular agreement for the exchange of certain products between Animal Farm and Foxwood. The relations between Napoleon and Pilkington, though they were only conducted through Whymper, were now almost friendly. The animals distrusted Pilkington, as a human being, but greatly preferred him to Frederick, whom they both feared and hated. As the summer wore on, and the windmill neared completion, the rumours of an impending treacherous attack grew stronger and stronger. Frederick, it was said, intended to bring against them twenty men all armed with guns, and he had already bribed the magistrates and police, so that if he could once get hold of the title-deeds of Animal Farm they would ask no questions. Moreover, terrible stories were leaking out from Pinchfield about the cruelties that Frederick practised upon his animals. He had flogged an old horse to death, he starved his cows, he had killed a dog by throwing it into the furnace, he amused himself in the evenings by making cocks fight with splinters of razor-blade tied to their spurs. The animals' blood boiled with rage when they heard of these things being done to their comrades, and sometimes they clamoured to be allowed to go out in a body and attack Pinchfield Farm, drive out the humans, and set the animals free. But Squealer counselled them to avoid rash actions and trust in Comrade Napoleon's strategy.

Nevertheless, feeling against Frederick continued to run high. One Sunday morning Napoleon appeared in the barn and explained that he had never at any time contemplated selling the pile of timber to Frederick; he considered it beneath his dignity, he said, to have dealings with scoundrels of that description. The pigeons who were still sent out to spread tidings of the Rebellion were forbidden to set foot anywhere on Foxwood, and were also ordered to drop their former slogan of "Death to Humanity" in favour of "Death to Frederick." In the late summer yet another of Snowball's machinations was laid bare. The wheat crop was full of weeds, and it was discovered that on one of his nocturnal visits Snowball had mixed weed seeds with the seed corn. A gander who had been privy to the plot had confessed his guilt to Squealer and immediately committed suicide by swallowing deadly nightshade berries. The animals now also learned that Snowball had never—as many of them had believed hitherto—received the order of "Animal Hero, First Class." This was merely a legend which had been spread some time after the Battle of the Cowshed by Snowball himself. So far from being decorated, he had been censured for showing cowardice in the battle. Once again some of the animals heard this with a certain bewilderment, but Squealer was soon able to convince them that their memories had been at fault.

In the autumn, by a tremendous, exhausting effort—for the harvest had to be gathered at almost the same time—the windmill was finished. The machinery had still to be installed, and Whymper was negotiating the purchase of it, but the structure was completed. In the teeth of every difficulty, in spite of inexperience, of primitive implements, of bad luck and of Snowball's treachery, the work had been finished punctually to the very day! Tired out but proud, the animals walked round and round their masterpiece, which appeared even more beautiful in their eyes than when it had been built the first time. Moreover, the walls were twice as thick as before. Nothing short of explosives would lay them low this time! And when they thought of how they had laboured, what discouragements they had overcome, and the enormous difference that would be made in their lives when the sails were turning and the dynamos running—when they thought of all this, their tiredness forsook them and they gambolled round and round the windmill, uttering cries of triumph. Napoleon himself, attended by his dogs and his cockerel, came down to inspect the completed work; he personally congratulated the animals on their achievement, and announced that the mill would be named Napoleon Mill.

Two days later the animals were called together for a special meeting in the barn. They were struck dumb with surprise when Napoleon announced that he had sold the pile of timber to Frederick. Tomorrow Frederick's wagons would arrive and begin carting it away. Throughout the whole period of his seeming friendship with Pilkington, Napoleon had really been in secret agreement with Frederick.

All relations with Foxwood had been broken off; insulting messages had been sent to Pilkington. The pigeons had been told to avoid Pinchfield Farm and to alter their slogan from "Death to Frederick" to "Death to Pilkington." At the same time Napoleon assured the animals that the stories of an impending attack on Animal Farm were completely untrue, and that the tales about Frederick's cruelty to his own animals had been greatly exaggerated. All these rumours had probably originated with Snowball and his agents. It now appeared that Snowball was not, after all, hiding on Pinchfield Farm, and in fact had never been there in his life: he was living in considerable luxury, so it was said at Foxwood, and had in reality been a pensioner of Pilkington for years past.

The pigs were in ecstasies over Napoleon's cunning. By seeming to be friendly with Pilkington he had forced Frederick to raise his price by twelve pounds. But the superior quality of Napoleon's mind, said Squealer, was shown in the fact that he trusted nobody, not even Frederick. Frederick had wanted to pay for the timber with something called a cheque, which, it seemed, was a piece of paper with a promise to pay written upon it. But Napoleon was too clever for him. He had demanded payment in real five-pound notes, which were to be handed over before the timber was removed. Already Frederick had paid up; and the sum he had paid was just enough to buy the machinery for the windmill.

Meanwhile the timber was being carted away at high speed. When it was all gone, another special meeting was held in the barn for the animals to inspect Frederick's bank-notes. Smiling beatifically, and wearing both his decorations, Napoleon reposed on a bed of straw on the platform, with the money at his side, neatly piled on a china dish from the farmhouse kitchen. The animals filed slowly past, and each gazed his fill. And Boxer put out his nose to sniff at the bank-notes, and the flimsy white things stirred and rustled in his breath.

Three days later there was a terrible hullabaloo. Whymper, his face deadly pale, came racing up the path on his bicycle, flung it down in the yard and rushed straight into the farmhouse. The next moment a choking roar of rage sounded from Napoleon's apartments. The news of what had happened sped round the farm like wildfire. The banknotes were forgeries! Frederick had got the timber for nothing!

Napoleon called the animals together immediately and in a terrible voice pronounced the death sentence upon Frederick. When captured, he said, Frederick should be boiled alive. At the same time he warned them that after this treacherous deed the worst was to be expected. Frederick and his men might make their long-expected attack at any moment. Sentinels were placed at all the approaches to the farm. In addition, four pigeons were sent to Foxwood with a conciliatory message, which it was hoped might re-establish good relations with Pilkington.

The very next morning the attack came. The animals were at breakfast when the look-outs came racing in with the news that Frederick and his followers had already come through the five-barred gate. Boldly enough the animals sallied forth to meet them, but this time they did not have the easy victory that they had had in the Battle of the Cowshed. There were fifteen men, with half a dozen guns between them, and they opened fire as soon as they got within fifty yards. The animals could not face the terrible explosions and the stinging pellets, and in spite of the efforts of Napoleon and Boxer to rally them, they were soon driven back. A number of them were already wounded. They took refuge in the farm buildings and peeped cautiously out from chinks and knot-holes. The whole of the big pasture, including the windmill, was in the hands of the enemy. For the moment even Napoleon seemed at a loss. He paced up and down without a word, his tail rigid and twitching. Wistful glances were sent in the direction of Foxwood. If Pilkington and his men would help them, the day might yet be won. But at this moment the four pigeons, who had been sent out on the day before, returned, one of them bearing a scrap of paper from Pilkington. On it was pencilled the words: "Serves you right."

Meanwhile Frederick and his men had halted about the windmill. The animals watched them, and a murmur of dismay went round. Two of the men had produced a crowbar and a sledge hammer. They were going to knock the windmill down.

"Impossible!" cried Napoleon. "We have built the walls far too thick for that. They could not knock it down in a week. Courage, comrades!"

But Benjamin was watching the movements of the men intently. The two with the hammer and the crowbar were drilling a hole near the base of the windmill. Slowly, and with an air almost of amusement, Benjamin nodded his long muzzle.

"I thought so," he said. "Do you not see what they are doing? In another moment they are going to pack blasting powder into that hole."

Terrified, the animals waited. It was impossible now to venture out of the shelter of the buildings. After a few minutes the men were seen to be running in all directions. Then there was a deafening roar. The pigeons swirled into the air, and all the animals, except Napoleon, flung themselves flat on their bellies and hid their faces. When they got up again, a huge cloud of black smoke was hanging where the windmill had been. Slowly the breeze drifted it away. The windmill had ceased to exist!

At this sight the animals' courage returned to them. The fear and despair they had felt a moment earlier were drowned in their rage against this vile, contemptible act. A mighty cry for vengeance went up, and without waiting for further orders they charged forth in a body and made straight for the enemy. This time they did not heed the cruel pellets that swept over them like hail. It was a savage, bitter battle. The men fired again and again, and, when the animals got to close quarters, lashed out with their sticks and their heavy boots. A cow, three sheep, and two geese were killed, and nearly everyone was wounded. Even Napoleon, who was directing operations from the rear, had the tip of his tail chipped by a pellet. But the men did not go unscathed either. Three of them had their heads broken by blows from Boxer's hoofs; another was gored in the belly by a cow's horn; another had his trousers nearly torn off by Jessie and Bluebell. And when the nine dogs of Napoleon's own bodyguard, whom he had instructed to make a detour under cover of the hedge, suddenly appeared on the men's flank, baying ferociously, panic overtook them. They saw that they were in danger of being surrounded. Frederick shouted to his men to get out while the going was good, and the next moment the cowardly enemy was running for dear life. The animals chased them right down to the bottom of the field, and got in some last kicks at them as they forced their way through the thorn hedge.

They had won, but they were weary and bleeding. Slowly they began to limp back towards the farm. The sight of their dead comrades stretched upon the grass moved some of them to tears. And for a little while they halted in sorrowful silence at the place where the windmill had once stood. Yes, it was gone; almost the last trace of their labour was gone! Even the foundations were partially destroyed. And in rebuilding it they could not this time, as before, make use of the fallen stones. This time the stones had vanished too. The force of the explosion had flung them to distances of hundreds of yards. It was as though the windmill had never been.

As they approached the farm Squealer, who had unaccountably been absent during the fighting, came skipping towards them, whisking his tail and beaming with satisfaction. And the animals heard, from the direction of the farm buildings, the solemn booming of a gun.

"What is that gun firing for?" said Boxer.

"To celebrate our victory!" cried Squealer.

"What victory?" said Boxer. His knees were bleeding, he had lost a shoe and split his hoof, and a dozen pellets had lodged themselves in his hind leg.

"What victory, comrade? Have we not driven the enemy off our soil—the sacred soil of Animal Farm?"

"But they have destroyed the windmill. And we had worked on it for two years!"

"What matter? We will build another windmill. We will build six windmills if we feel like it. You do not appreciate, comrade, the mighty thing that we have done. The enemy was in occupation of this very ground that we stand upon. And now, thanks to the leadership of Comrade Napoleon, we have won every inch of it back again!"

"Then we have won back what we had before," said Boxer.

"That is our victory," said Squealer.

They limped into the yard. The pellets under the skin of Boxer's leg smarted painfully. He saw ahead of him the heavy labour of rebuilding the windmill from the foundations, and already in imagination he braced himself for the task. But for the first time it occurred to him that he was eleven years old and that perhaps his great muscles were not quite what they had once been.

But when the animals saw the green flag flying, and heard the gun firing again—seven times it was fired in all and heard the speech that Napoleon made, congratulating them on their conduct, it did seem to them after all that they had won a great victory. The animals slain in the battle were given a solemn funeral. Boxer and Clover pulled the wagon which served as a hearse, and Napoleon himself walked at the head of the procession. Two whole days were given over to celebrations. There were songs, speeches, and more firing of the gun, and a special gift of an apple was bestowed on every animal, with two ounces of corn for each bird and three biscuits for each dog. It was announced that the battle would be called the Battle of the Windmill, and that Napoleon had created a new decoration, the Order of the Green Banner, which he had conferred upon himself. In the general rejoicings the unfortunate affair of the banknotes was forgotten.

It was a few days later than this that the pigs came upon a case of whisky in the cellars of the farmhouse. It had been overlooked at the time when the house was first occupied. That night there came from the farmhouse the sound of loud singing, in which, to everyone's surprise, the strains of *Beasts of England* were mixed up. At about half past nine Napoleon, wearing an old bowler hat of Mr. Jones's, was distinctly seen to emerge from the back door, gallop rapidly round the yard, and disappear indoors again. But in the morning a deep silence hung over the farmhouse. Not a pig appeared to be stirring. It was nearly nine o'clock when Squealer made his appearance, walking slowly and dejectedly, his eyes dull, his tail hanging limply behind him, and with every appearance of being seriously ill. He called the animals together and told them that he had a terrible piece of news to impart. Comrade Napoleon was dying!

A cry of lamentation went up. Straw was laid down outside the doors of the farmhouse, and the animals walked on tiptoe. With tears in their eyes they asked one another what they should do if their Leader were taken away from them. A rumour went round that Snowball had after all contrived to introduce poison into Napoleon's food. At eleven o'clock Squealer came out to make another announcement. As his last act upon earth, Comrade Napoleon had pronounced a solemn decree: the drinking of alcohol was to be punished by death.

By the evening, however, Napoleon appeared to be somewhat better, and the following morning Squealer was able to tell them that he was well on the way to recovery. By the evening of that day Napoleon was back at work, and on the next day it was learned that he had instructed Whymper to purchase in Willingdon some booklets on brewing and distilling. A week later Napoleon gave orders that the small paddock beyond the orchard, which it had previously been intended to set aside as a grazing-ground for animals who were past work, was to be ploughed up. It was given out that the pasture was exhausted and needed re-seeding; but it soon became known that Napoleon intended to sow it with barley.

About this time there occurred a strange incident which hardly anyone was able to understand. One night at about twelve o'clock there was a loud crash in the yard, and the animals rushed out of their stalls. It was a moonlit night. At the foot of the end wall of the big barn, where the Seven Commandments were written, there lay a ladder broken in two pieces. Squealer, temporarily stunned, was sprawling beside it, and near at hand there lay a lantern, a paint-brush, and an overturned pot of white paint. The dogs immediately made a ring round Squealer, and escorted him back to the farmhouse as soon as he was able to walk. None of the animals could form any idea as to what this meant, except old Benjamin, who nodded his muzzle with a knowing air, and seemed to understand, but would say nothing.

But a few days later Muriel, reading over the Seven Commandments to herself, noticed that there was yet another of them which the animals had remembered wrong. They had thought the Fifth Commandment was "No animal shall drink alcohol," but there were two words that they had forgotten. Actually the Commandment read: "No animal shall drink alcohol to excess."

# Chapter 9

Boxer's split hoof was a long time in healing. They had started the rebuilding of the windmill the day after the victory celebrations were ended. Boxer refused to take even a day off work, and made it a point of honour not to let it be seen that he was in pain. In the evenings he would admit privately to Clover that the hoof troubled him a great deal. Clover treated the hoof with poultices of herbs which she prepared by chewing them, and both she and Benjamin urged Boxer to work less hard. "A horse's lungs do not last for ever," she said to him. But Boxer would not listen. He had, he said, only one real ambition left—to see the windmill well under way before he reached the age for retirement.

At the beginning, when the laws of Animal Farm were first formulated, the retiring age had been fixed for horses and pigs at twelve, for cows at fourteen, for dogs at nine, for sheep at seven, and for hens and geese at five. Liberal old-age pensions had been agreed upon. As yet no animal had actually retired on pension, but of late the subject had been discussed more and more.

Now that the small field beyond the orchard had been set aside for barley, it was rumoured that a corner of the large pasture was to be fenced off and turned into a grazing-ground for superannuated animals. For a horse, it was said, the pension would be five pounds of corn a day and, in winter, fifteen pounds of hay, with a carrot or possibly an apple on public holidays. Boxer's twelfth birthday was due in the late summer of the following year.

Meanwhile life was hard. The winter was as cold as the last one had been, and food was even shorter. Once again all rations were reduced, except those of the pigs and the dogs. A too rigid equality in rations, Squealer explained, would have been contrary to the principles of Animalism. In any case he had no difficulty in proving to the other animals that they were not in reality short of food, whatever the appearances might be. For the time being, certainly, it had been found necessary to make a readjustment of rations (Squealer always spoke of it as a "readjustment," never as a "reduction"), but in comparison with the days of Jones, the improvement was enormous. Reading out the figures in a shrill, rapid voice, he proved to them in detail that they had more oats, more hay, more turnips than they had had in Jones's day, that they worked shorter hours, that their drinking water was of better quality, that they lived longer, that a larger proportion of their young ones survived infancy, and that they had more straw in their stalls and suffered less from fleas. The animals believed every word of it. Truth to tell, Jones and all he stood for had almost faded out of their memories. They knew that life nowadays was harsh and bare, that they were often hungry and often cold, and that they were usually working when they were not asleep. But doubtless it had been worse in the old days. They were glad to believe so. Besides, in those days they had been slaves and now they were free, and that made all the difference, as Squealer did not fail to point out.

There were many more mouths to feed now. In the autumn the four sows had all littered about simultaneously, producing thirty-one young pigs between them. The young pigs were piebald, and as Napoleon was the only boar on the farm, it was possible to guess at their parentage. It was announced that later, when bricks and timber had been purchased, a schoolroom would be built in the farmhouse garden. For the time being, the young pigs were given their instruction by Napoleon himself in the farmhouse kitchen. They took their exercise in the garden, and were discouraged from playing with the other young animals. About this time, too, it was laid down as a rule that when a pig and any other animal met on the path, the other animal must stand aside: and also that all pigs, of whatever degree, were to have the privilege of wearing green ribbons on their tails on Sundays.

The farm had had a fairly successful year, but was still short of money. There were the bricks, sand, and lime for the schoolroom to be purchased, and it would also be necessary to begin saving up again for the machinery for the windmill. Then there were lamp oil and candles for the house, sugar for Napoleon's own table (he forbade this to the other pigs, on the ground that it made them fat), and all the usual replacements such as tools, nails, string, coal, wire, scrap-iron, and dog biscuits. A stump of hay and part of the potato crop were sold off, and the contract for eggs was increased to six hundred a week, so that that year the hens barely hatched enough chicks to keep their numbers at the same level. Rations, reduced in December, were reduced again in February, and lanterns in the stalls were forbidden to save Oil. But the pigs seemed comfortable enough, and in fact were putting on weight if anything. One afternoon in late February a warm, rich, appetising scent, such as the animals had never smelt before, wafted itself across the yard from the little brew-house, which had been disused in Jones's time, and which stood beyond the kitchen. Someone said it was the smell of cooking barley. The animals sniffed the air hungrily and wondered whether a warm mash was being prepared for their supper. But no warm mash appeared, and on the following Sunday it was announced that from now onwards all barley would be reserved for the pigs. The field beyond the orchard had already been sown with barley. And the news soon leaked out that every pig was now receiving a ration of a pint of beer daily, with half a gallon for Napoleon himself, which was always served to him in the Crown Derby soup tureen.

But if there were hardships to be borne, they were partly offset by the fact that life nowadays had a greater dignity than it had had before. There were more songs, more speeches, more processions. Napoleon had commanded that once a week there should be held something called a Spontaneous Demonstration, the object of which was to celebrate the struggles and triumphs of Animal Farm. At the appointed time the animals would leave their work and march round the precincts of the farm in military formation, with the pigs leading, then the horses, then the cows, then the sheep, and then the poultry. The dogs flanked the procession and at the head of all marched Napoleon's black cockerel. Boxer and Clover always carried between them a green banner marked with the hoof and the horn and the caption, "Long live Comrade Napoleon!" Afterwards there were recitations of poems composed in Napoleon's honour, and a speech by Squealer giving particulars of the latest increases in the production of foodstuffs, and on occasion a shot was fired from the gun. The sheep were the greatest devotees of the Spontaneous Demonstration, and if anyone complained (as a few animals sometimes did, when no pigs or dogs were near) that they wasted time and meant a lot of standing about in the cold, the sheep were sure to silence him with a tremendous bleating of "Four legs good, two legs bad!" But by and large the animals enjoyed these celebrations. They found it comforting to be reminded that, after all, they were truly their own masters and that the work they did was for their own benefit. So that, what with the songs, the processions, Squealer's lists of figures, the thunder of the gun, the crowing of the cockerel, and the fluttering of the flag, they were able to forget that their bellies were empty, at least part of the time.

In April, Animal Farm was proclaimed a Republic, and it became necessary to elect a President. There was only one candidate, Napoleon, who was elected unanimously. On the same day it was given out that fresh documents had been discovered which revealed further details about Snowball's complicity with Jones. It now appeared that Snowball had not, as the animals had previously imagined, merely attempted to lose the Battle of the Cowshed by means of a stratagem, but had been openly fighting on Jones's side. In fact, it was he who had actually been the leader of the human forces, and had charged into battle with the words "Long live Humanity!" on his lips. The wounds on Snowball's back, which a few of the animals still remembered to have seen, had been inflicted by Napoleon's teeth.

In the middle of the summer Moses the raven suddenly reappeared on the farm, after an absence of several years. He was quite unchanged, still did no work, and talked in the same strain as ever about Sugarcandy Mountain. He would perch on a stump, flap his black wings, and talk by the hour to anyone who would listen. "Up there, comrades," he would say solemnly, pointing to the sky with his large beak— "up there, just on the other side of that dark cloud that you can see there it lies, Sugarcandy Mountain, that happy country where we poor animals shall rest for ever from our labours!" He even claimed to have been there on one of his higher flights, and to have seen the everlasting fields of clover and the linseed cake and lump sugar growing on the hedges. Many of the animals believed him. Their lives now, they reasoned, were hungry and laborious; was it not right and just that a better world should exist somewhere else? A thing that was difficult to determine was the attitude of the pigs towards Moses. They all declared contemptuously that his stories about Sugarcandy Mountain were lies, and yet they allowed him to remain on the farm, not working, with an allowance of a gill of beer a day.

After his hoof had healed up, Boxer worked harder than ever. Indeed, all the animals worked like slaves that year. Apart from the regular work of the farm, and the rebuilding of the windmill, there was the schoolhouse for the young pigs, which was started in March. Sometimes the long hours on insufficient food were hard to bear, but Boxer never faltered. In nothing that he said or did was there any sign that his strength was not what it had been. It was only his appearance that was a little altered; his hide was less shiny than it had used to be, and his great haunches seemed to have shrunken. The others said, "Boxer will pick up when the spring grass comes on" ; but the spring came and Boxer grew no fatter. Sometimes on the slope leading to the top of the quarry, when he braced his muscles against the weight of some vast boulder, it seemed that nothing kept him on his feet except the will to continue. At such times his lips were seen to form the words, "I will work harder" ; he had no voice left. Once again Clover and Benjamin warned him to take care of his health, but Boxer paid no attention. His twelfth birthday was approaching. He did not care what happened so long as a good store of stone was accumulated before he went on pension.

Late one evening in the summer, a sudden rumour ran round the farm that something had happened to Boxer. He had gone out alone to drag a load of stone down to the windmill. And sure enough, the rumour was true. A few minutes later two pigeons came racing in with the news: "Boxer has fallen! He is lying on his side and can't get up!"

About half the animals on the farm rushed out to the knoll where the windmill stood. There lay Boxer, between the shafts of the cart, his neck stretched out, unable even to raise his head. His eyes were glazed, his sides matted with sweat. A thin stream of blood had trickled out of his mouth. Clover dropped to her knees at his side.

"Boxer!" she cried, "how are you?"

"It is my lung," said Boxer in a weak voice. "It does not matter. I think you will be able to finish the windmill without me. There is a pretty good store of stone accumulated. I had only another month to go in any case. To tell you the truth, I had been looking forward to my retirement. And perhaps, as Benjamin is growing old too, they will let him retire at the same time and be a companion to me."

"We must get help at once," said Clover. "Run, somebody, and tell Squealer what has happened."

All the other animals immediately raced back to the farmhouse to give Squealer the news. Only Clover remained, and Benjamin, who lay down at Boxer's side, and, without speaking, kept the flies off him with his long tail. After about a quarter of an hour Squealer appeared, full of sympathy and concern. He said that Comrade Napoleon had learned with the very deepest distress of this misfortune to one of the most loyal workers on the farm, and was already making arrangements to send Boxer to be treated in the hospital at Willingdon. The animals felt a little uneasy at this. Except for Mollie and Snowball, no other animal had ever left the farm, and they did not like to think of their sick comrade in the hands of human beings. However, Squealer easily convinced them that the veterinary surgeon in Willingdon could treat Boxer's case more satisfactorily than could be done on the farm. And about half an hour later, when Boxer had somewhat recovered, he was with difficulty got on to his feet, and managed to limp back to his stall, where Clover and Benjamin had prepared a good bed of straw for him.

For the next two days Boxer remained in his stall. The pigs had sent out a large bottle of pink medicine which they had found in the medicine chest in the bathroom, and Clover administered it to Boxer twice a day after meals. In the evenings she lay in his stall and talked to him, while Benjamin kept the flies off him. Boxer professed not to be sorry for what had happened. If he made a good recovery, he might expect to live another three years, and he looked forward to the peaceful days that he would spend in the corner of the big pasture. It would be the first time that he had had leisure to study and improve his mind. He intended, he said, to devote the rest of his life to learning the remaining twenty-two letters of the alphabet.

However, Benjamin and Clover could only be with Boxer after working hours, and it was in the middle of the day when the van came to take him away. The animals were all at work weeding turnips under the supervision of a pig, when they were astonished to see Benjamin come galloping from the direction of the farm buildings, braying at the top of his voice. It was the first time that they had ever seen Benjamin excited—indeed, it was the first time that anyone had ever seen him gallop. "Quick, quick!" he shouted. "Come at once! They're taking Boxer away!" Without waiting for orders from the pig, the animals broke off work and raced back to the farm buildings. Sure enough, there in the yard was a large closed van, drawn by two horses, with lettering on its side and a sly-looking man in a low-crowned bowler hat sitting on the driver's seat. And Boxer's stall was empty.

The animals crowded round the van. "Good-bye, Boxer!" they chorused, "good-bye!"

"Fools! Fools!" shouted Benjamin, prancing round them and stamping the earth with his small hoofs. "Fools! Do you not see what is written on the side of that van?"

That gave the animals pause, and there was a hush. Muriel began to spell out the words. But Benjamin pushed her aside and in the midst of a deadly silence he read:

"'Alfred Simmonds, Horse Slaughterer and Glue Boiler, Willingdon. Dealer in Hides and Bone-Meal. Kennels Supplied.' Do you not understand what that means? They are taking Boxer to the knacker's!"

A cry of horror burst from all the animals. At this moment the man on the box whipped up his horses and the van moved out of the yard at a smart trot. All the animals followed, crying out at the tops of their voices. Clover forced her way to the front. The van began to gather speed. Clover tried to stir her stout limbs to a gallop, and achieved a canter. "Boxer!" she cried. "Boxer! Boxer! Boxer!" And just at this moment, as though he had heard the uproar outside, Boxer's face, with the white stripe down his nose, appeared at the small window at the back of the van.

"Boxer!"cried Clover in a terrible voice. "Boxer! Get out! Get out quickly! They're taking you to your death!"

All the animals took up the cry of "Get out, Boxer, get out!" But the van was already gathering speed and drawing away from them. It was uncertain whether Boxer had understood what Clover had said. But a moment later his face disappeared from the window and there was the sound of a tremendous drumming of hoofs inside the van. He was trying to kick his way out. The time had been when a few kicks from Boxer's hoofs would have smashed the van to matchwood. But alas! His strength had left him; and in a few moments the sound of drumming hoofs grew fainter and died away. In desperation the animals began appealing to the two horses which drew the van to stop. "Comrades, comrades!" they shouted. "Don't take your own brother to his death!" But the stupid brutes, too ignorant to realise what was happening, merely set back their ears and quickened their pace. Boxer's face did not reappear at the window. Too late, someone thought of racing ahead and shutting the five-barred gate; but in another moment the van was through it and rapidly disappearing down the road. Boxer was never seen again.

Three days later it was announced that he had died in the hospital at Willingdon, in spite of receiving every attention a horse could have. Squealer came to announce the news to the others. He had, he said, been present during Boxer's last hours.

"It was the most affecting sight I have ever seen!" said Squealer, lifting his trotter and wiping away a tear. "I was at his bedside at the very last. And at the end, almost too weak to speak, he whispered in my ear that his sole sorrow was to have passed on before the windmill was finished. 'Forward, comrades!' he whispered. 'Forward in the name of the Rebellion. Long live Animal Farm! Long live Comrade Napoleon! Napoleon is always right.' Those were his very last words, comrades."

Here Squealer's demeanour suddenly changed. He fell silent for a moment, and his little eyes darted suspicious glances from side to side before he proceeded.

It had come to his knowledge, he said, that a foolish and wicked rumour had been circulated at the time of Boxer's removal. Some of the animals had noticed that the van which took Boxer away was marked "Horse Slaughterer," and had actually jumped to the conclusion that Boxer was being sent to the knacker's. It was almost unbelievable, said Squealer, that any animal could be so stupid. Surely, he cried indignantly, whisking his tail and skipping from side to side, surely they knew their beloved Leader, Comrade Napoleon, better than that? But the explanation was really very simple. The van had previously been the property of the knacker, and had been bought by the veterinary surgeon, who had not yet painted the old name out. That was how the mistake had arisen.

The animals were enormously relieved to hear this. And when Squealer went on to give further graphic details of Boxer's death-bed, the admirable care he had received, and the expensive medicines for which Napoleon had paid without a thought as to the cost, their last doubts disappeared and the sorrow that they felt for their comrade's death was tempered by the thought that at least he had died happy.

Napoleon himself appeared at the meeting on the following Sunday morning and pronounced a short oration in Boxer's honour. It had not been possible, he said, to bring back their lamented comrade's remains for interment on the farm, but he had ordered a large wreath to be made from the laurels in the farmhouse garden and sent down to be placed on Boxer's grave. And in a few days' time the pigs intended to hold a memorial banquet in Boxer's honour. Napoleon ended his speech with a reminder of Boxer's two favourite maxims,"I will work harder" and "Comrade Napoleon is always right", maxims, he said, which every animal would do well to adopt as his own.

On the day appointed for the banquet, a grocer's van drove up from Willingdon and delivered a large wooden crate at the farmhouse. That night there was the sound of uproarious singing, which was followed by what sounded like a violent quarrel and ended at about eleven o'clock with a tremendous crash of glass. No one stirred in the farmhouse before noon on the following day, and the word went round that from somewhere or other the pigs had acquired the money to buy themselves another case of whisky.

# Chapter 10

Years passed. The seasons came and went, the short animal lives fled by. A time came when there was no one who remembered the old days before the Rebellion, except Clover, Benjamin, Moses the raven, and a number of the pigs.

Muriel was dead; Bluebell, Jessie, and Pincher were dead. Jones too was dead—he had died in an inebriates' home in another part of the country. Snowball was forgotten. Boxer was forgotten, except by the few who had known him. Clover was an old stout mare now, stiff in the joints and with a tendency to rheumy eyes. She was two years past the retiring age, but in fact no animal had ever actually retired. The talk of setting aside a corner of the pasture for superannuated animals had long since been dropped. Napoleon was now a mature boar of twenty-four stone. Squealer was so fat that he could with difficulty see out of his eyes. Only old Benjamin was much the same as ever, except for being a little greyer about the muzzle, and, since Boxer's death, more morose and taciturn than ever.

There were many more creatures on the farm now, though

the increase was not so great as had been expected in earlier years. Many animals had been born to whom the Rebellion was only a dim tradition, passed on by word of mouth, and others had been bought who had never heard mention of such a thing before their arrival. The farm possessed three horses now besides Clover. They were fine upstanding beasts, willing workers and good comrades, but very stupid. None of them proved able to learn the alphabet beyond the letter B. They accepted everything that they were told about the Rebellion and the principles of Animalism, especially from Clover, for whom they had an almost filial respect; but it was doubtful whether they understood very much of it.

The farm was more prosperous now, and better organised: it had even been enlarged by two fields which had been bought from Mr. Pilkington. The windmill had been successfully completed at last, and the farm possessed a threshing machine and a hay elevator of its own, and various new buildings had been added to it. Whymper had bought himself a dogcart. The windmill, however, had not after all been used for generating electrical power. It was used for milling corn, and brought in a handsome money profit. The animals were hard at work building yet another windmill; when that one was finished, so it was said, the dynamos would be installed. But the luxuries of which Snowball had once taught the animals to dream, the stalls with electric light and hot and cold water, and the three-day week, were no longer talked about. Napoleon had denounced such ideas as contrary to the spirit of Animalism. The truest happiness, he said, lay in working hard and living frugally.

Somehow it seemed as though the farm had grown richer without making the animals themselves any richer, except, of course, for the pigs and the dogs. Perhaps this was partly because there were so many pigs and so many dogs. It was not that these creatures did not work, after their fashion. There was, as Squealer was never tired of explaining, endless work in the supervision and organisation of the farm. Much of this work was of a kind that the other animals were too ignorant to understand. For example, Squealer told them that the pigs had to expend enormous labours every day upon mysterious things called "files" "reports" "minutes" and "memoranda". These were large sheets of paper which had to be closely covered with writing, and as soon as they were so covered, they were burnt in the furnace. This was of the highest importance for the welfare of the farm, Squealer said. But still, neither pigs nor dogs produced any food by their own labour; and there were very many of them, and their appetites were always good.

As for the others, their life, so far as they knew, was as it had always been. They were generally hungry, they slept on straw, they drank from the pool, they laboured in the fields; in winter they were troubled by the cold, and in summer by the flies. Sometimes the older ones among them racked their dim memories and tried to determine whether in the early days of the Rebellion, when Jones's expulsion was still recent, things had been better or worse than now. They could not remember. There was nothing with which they could compare their present lives: they had nothing to go upon except Squealer's lists of figures, which invariably demonstrated that everything was getting better and better. The animals found the problem insoluble; in any case, they had little time for speculating on such things now. Only old Benjamin professed to remember every detail of his long life and to know that things never had been, nor ever could be much better or much worse—hunger, hardship, and disappointment being, so he said, the unalterable law of life.

And yet the animals never gave up hope. More, they never lost, even for an instant, their sense of honour and privilege in being members of Animal Farm. They were still the only farm in the whole county, in all England—owned and operated by animals. Not one of them, not even the youngest, not even the newcomers who had been brought from farms ten or twenty miles away, ever ceased to marvel at that. And when they heard the gun booming and saw the green flag fluttering at the masthead, their hearts swelled with imperishable pride, and the talk turned always towards the old heroic days, the expulsion of Jones, the writing of the Seven Commandments, the great battles in which the human invaders had been defeated. None of the old dreams had been abandoned. The Republic of the Animals which Major had foretold, when the green fields of England should be untrodden by human feet, was still believed in. Some day it was coming: it might not be soon, it might not be with in the lifetime of any animal now living, but still it was coming. Even the tune of *Beasts of England* was perhaps hummed secretly here and there: at any rate, it was a fact that every animal on the farm knew it, though no one would have dared to sing it aloud. It might be that their lives were hard and that not all of their hopes had been fulfilled; but they were conscious that they were not as other animals. If they went hungry, it was not from feeding tyrannical human beings; if they worked hard, at least they worked for themselves. No creature among them went upon two legs. No creature called any other creature"Master". All animals were equal.

One day in early summer Squealer ordered the sheep to follow him, and led them out to a piece of waste ground at the other end of the farm, which had become overgrown with birch saplings. The sheep spent the whole day there browsing at the leaves under Squealer's supervision. In the evening he returned to the farmhouse himself, but, as it was warm weather, told the sheep to stay where they were. It ended by their remaining there for a whole week, during which time the other animals saw nothing of them. Squealer was with them for the greater part of every day. He was, he said, teaching them to sing a new song, for which privacy was needed.

It was just after the sheep had returned, on a pleasant evening when the animals had finished work and were making their way back to the farm buildings, that the terrified neighing of a horse sounded from the yard. Startled, the animals stopped in their tracks. It was Clover's voice. She neighed again, and all the animals broke into a gallop and rushed into the yard. Then they saw what Clover had seen.

It was a pig walking on his hind legs.

Yes, it was Squealer. A little awkwardly, as though not quite used to supporting his considerable bulk in that position, but with perfect balance, he was strolling across the yard. And a moment later, out from the door of the farmhouse came a long file of pigs, all walking on their hind legs. Some did it better than others, one or two were even a trifle unsteady and looked as though they would have liked the support of a stick, but every one of them made his way right round the yard successfully. And finally there was a tremendous baying of dogs and a shrill crowing from the black cockerel, and out came Napoleon himself, majestically upright, casting haughty glances from side to side, and with his dogs gambolling round him.

He carried a whip in his trotter.

There was a deadly silence. Amazed, terrified, huddling together, the animals watched the long line of pigs march slowly round the yard. It was as though the world had turned upside-down. Then there came a moment when the first shock had worn off and when, in spite of everything—in spite of their terror of the dogs, and of the habit, developed through long years, of never complaining, never criticizing, no matter what happened—they might have uttered some word of protest. But just at that moment, as though at a signal, all the sheep burst out into a tremendous bleating of—

"Four legs good, two legs better! Four legs good, two legs better! Four legs good, two legs better!"

It went on for five minutes without stopping. And by the time the sheep had quieted down, the chance to utter any protest had passed, for the pigs had marched back into the farmhouse.

Benjamin felt a nose nuzzling at his shoulder. He looked round. It was Clover. Her old eyes looked dimmer than ever. Without saying anything, she tugged gently at his mane and led him round to the end of the big barn, where the Seven Commandments were written. For a minute or two they stood gazing at the tatted wall with its white lettering.

"My sight is failing," she said finally. "Even when I was young I could not have read what was written there. But it appears to me that that wall looks different. Are the Seven Commandments the same as they used to be, Benjamin?"

For once Benjamin consented to break his rule, and he read out to her what was written on the wall. There was nothing there now except a single Commandment. It ran:

*ALL ANIMALS ARE EQUAL*

*BUT SOME ANIMALS ARE MORE EQUAL THAN OTHERS*

After that it did not seem strange when next day the pigs who were supervising the work of the farm all carried whips in their trotters. It did not seem strange to learn that the pigs had bought themselves a wireless set, were arranging to install a telephone, and had taken out subscriptions to *John Bull*, *TitBits*, and the *Daily Mirror*. It did not seem strange when Napoleon was seen strolling in the farmhouse garden with a pipe in his mouth, no, not even when the pigs took Mr. Jones's clothes out of the wardrobes and put them on, Napoleon himself appearing in a black coat, ratcatcher breeches, and leather leggings, while his favourite sow appeared in the watered silk dress which Mrs. Jones had been used to wear on Sundays.

A week later, in the afternoon, a number of dogcarts drove up to the farm. A deputation of neighbouring farmers had been invited to make a tour of inspection. They were shown all over the farm, and expressed great admiration for everything they saw, especially the windmill. The animals were weeding the turnip field. They worked diligently, hardly raising their faces from the ground, and not knowing whether to be more frightened of the pigs or of the human visitors.

That evening loud laughter and bursts of singing came from the farmhouse. And suddenly, at the sound of the mingled voices, the animals were stricken with curiosity. What could be happening in there, now that for the first time animals and human beings were meeting on terms of equality? With one accord they began to creep as quietly as possible into the farmhouse garden.

At the gate they paused, half frightened to go on but Clover led the way in. They tiptoed up to the house, and such animals as were tall enough peered in at the dining-room window. There, round the long table, sat half a dozen farmers and half a dozen of the more eminent pigs, Napoleon himself occupying the seat of honour at the head of the table. The pigs appeared completely at ease in their chairs The company had been enjoying a game of cards but had broken off for the moment, evidently in order to drink a toast. A large jug was circulating, and the mugs were being refilled with beer. No one noticed the wondering faces of the animals that gazed in at the window.

Mr. Pilkington, of Foxwood, had stood up, his mug in his hand. In a moment, he said, he would ask the present company to drink a toast. But before doing so, there were a few words that he felt it incumbent upon him to say.

It was a source of great satisfaction to him, he said and, he was sure, to all others present—to feel that a long period of mistrust and misunderstanding had now come to an end. There had been a time, not that he, or any of the present company, had shared such sentiments, but there had been a time when the respected proprietors of Animal Farm had been regarded, he would not say with hostility, but perhaps with a certain measure of misgiving, by their human neighbours. Unfortunate incidents had occurred, mistaken ideas had been current. It had been felt that the existence of a farm owned and operated by pigs was somehow abnormal and was liable to have an unsettling effect in the neighbourhood. Too many farmers had assumed, without due enquiry, that on such a farm a spirit of licence and indiscipline would prevail. They had been nervous about the effects upon their own animals, or even upon their human employees. But all such doubts were now dispelled. Today he and his friends had visited Animal Farm and inspected every inch of it with their own eyes, and what did they find? Not only the most up-to-date methods, but a discipline and an orderliness which should be an example to all farmers everywhere. He believed that he was right in saying that the lower animals on Animal Farm did more work and received less food than any animals in the county. Indeed, he and his fellow-visitors today had observed many features which they intended to introduce on their own farms immediately.

He would end his remarks, he said, by emphasising once again the friendly feelings that subsisted, and ought to subsist, between Animal Farm and its neighbours. Between pigs and human beings there was not, and there need not be, any clash of interests whatever. Their struggles and their difficulties were one. Was not the labour problem the same everywhere? Here it became apparent that Mr. Pilkington was about to spring some carefully prepared witticism on the company, but for a moment he was too overcome by amusement to be able to utter it. After much choking, during which his various chins turned purple, he managed to get it out: "If you have your lower animals to contend with," he said, "we have our lower classes!" This bon mot set the table in a roar; and Mr. Pilkington once again congratulated the pigs on the low rations, the long working hours, and the general absence of pampering which he had observed on Animal Farm.

And now, he said finally, he would ask the company to rise to their feet and make certain that their glasses were full. "Gentlemen," concluded Mr. Pilkington, "gentlemen, I give you a toast: To the prosperity of Animal Farm!"

There was enthusiastic cheering and stamping of feet. Napoleon was so gratified that he left his place and came round the table to clink his mug against Mr. Pilkington's before emptying it. When the cheering had died down, Napoleon, who had remained on his feet, intimated that he too had a few words to say.

Like all of Napoleon's speeches, it was short and to the point. He too, he said, was happy that the period of misunderstanding was at an end. For a long time there had been rumours—circulated, he had reason to think, by some malignant enemy—that there was something subversive and even revolutionary in the outlook of himself and his colleagues. They had been credited with attempting to stir up rebellion among the animals on neighbouring farms. Nothing could be further from the truth! Their sole wish, now and in the past, was to live at peace and in normal business relations with their neighbours. This farm which he had the honour to control, he added, was a cooperative enterprise. The title-deeds, which were in his own possession, were owned by the pigs jointly.

He did not believe, he said, that any of the old suspicions still lingered, but certain changes had been made recently in the routine of the farm which should have the effect of promoting confidence stiff further. Hitherto the animals on the farm had had a rather foolish custom of addressing one another as"Comrade."This was to be suppressed. There had also been a very strange custom, whose origin was unknown, of marching every Sunday morning past a boar's skull which was nailed to a post in the garden. This, too, would be suppressed, and the skull had already been buried. His visitors might have observed, too, the green flag which flew from the masthead. If so, they would perhaps have noted that the white hoof and horn with which it had previously been marked had now been removed. It would be a plain green flag from now onwards.

He had only one criticism, he said, to make of Mr. Pilkington's excellent and neighbourly speech. Mr. Pilkington had referred throughout to "Animal Farm." He could not of course know, for he, Napoleon, was only now for the first time announcing it, that the name "Animal Farm" had been abolished. Henceforward the farm was to be known as "The Manor Farm"—which, he believed, was its correct and original name.

"Gentlemen," concluded Napoleon, "I will give you the same toast as before, but in a different form. Fill your glasses to the brim. Gentlemen, here is my toast: To the prosperity of The Manor Farm!"

There was the same hearty cheering as before, and the mugs were emptied to the dregs. But as the animals outside gazed at the scene, it seemed to them that some strange thing was happening. What was it that had altered in the faces of the pigs? Clover's old dim eyes flitted from one face to another. Some of them had five chins, some had four, some had three. But what was it that seemed to be melting and changing? Then, the applause having come to an end, the company took up their cards and continued the game that had been interrupted, and the animals crept silently away.

But they had not gone twenty yards when they stopped short. An uproar of voices was coming from the farmhouse. They rushed back and looked through the window again. Yes, a violent quarrel was in progress. There were shoutings, bangings on the table, sharp suspicious glances, furious denials. The source of the trouble appeared to be that Napoleon and Mr. Pilkington had each played an ace of spades simultaneously.

Twelve voices were shouting in anger, and they were all alike. No question, now, what had happened to the faces of the pigs. The creatures outside looked from pig to man, and from man to pig, and from pig to man again; but already it was impossible to say which was which.

THE END